Oskar und die Zauberfeder

AF235817

Für meine liebe Tochter Sandra
und für die liebe Hilde

Ines Köster

Oskar und die Zauberfeder

Bibliografische Information der Deutschen Nationalbibliothek:
Die Deutsche Nationalbibliothek verzeichnet diese Publikation in der
Deutschen Nationalbibliografie; detaillierte bibliografische Daten sind
im Internet über dnb.dnb.de abrufbar.

© 2021 Ines Köster

Satz, Umschlaggestaltung, Herstellung und Verlag:
BoD – Books on Demand, Norderstedt
ISBN 978-3-7543-8248-6

Inhalt

Die Vermisstenanzeige

„Hey, Oskar, hast du schon gehört, was passiert ist?" Ben war außer Puste als er am Einfamilienhaus seines besten Freundes eintraf.

Oskar, der gerade seinen großen Rucksack aus dem Auto hievte, schaute Ben erwartungsvoll an. Er war mit seinen Eltern und seiner Schwester eine Woche im Winterurlaub gewesen.

„Na, raus mit der Sprache. Ich habe nämlich keine Zeit. Ich muss Prinz noch aus der Hundepension abholen", sagte Oskar und stellte stöhnend seinen Rucksack ab.

Ben griff in seine Anoraktasche und holte ein zerknittertes Blatt hervor. Er strich es glatt und reichte es seinem Freund.

Genervt griff Oskar nach dem Blatt. Ihm passte es gar nicht, dass Ben gleich nach seiner Heimkehr aus dem Urlaub bei ihm aufkreuzte. Welches Unglück konnte schon passiert sein? Als er dann aber einen Blick auf das Blatt warf, riss er seine Augen weit auf und fragte verständnislos: „Lea wird vermisst? Ist das ein Willkommensscherz?"

„Nein, die Vermisstenanzeige ist echt", antwortete Ben aufgeregt. „Lea verschwand an dem

Tag, an dem du in die Berge gefahren bist. Die Polizei hat die Vermisstenanzeige in die Zeitung gesetzt. Und Leas Mutter hat in der ganzen Stadt Flugblätter mit Leas Bild verteilt."

Oskar holte tief Luft. Lea ging wie Ben mit ihm in die vierte Klasse. Für Lea schwärmte Oskar schon lange. Sein Pech war aber, dass Lea Moritz, den Klassenbesten, viel cooler fand als ihn.

„Wenn nun etwas ganz Schlimmes passiert ist", sagte Oskar ängstlich. „Es gibt doch solche Verbrecher, die Kinder mit irgendwelchen Tricks zu sich ins Auto locken."

„Lea wird doch nicht so blöd gewesen sein und zu so einem Schurken ins Auto gestiegen sein", meinte Ben kopfschüttelnd. „Mein Papa denkt, dass Lea von zu Hause weggelaufen ist, weil ihr neuer Stiefvater ein merkwürdiger Typ ist."

„Woher will dein Papa denn das wissen?", fragte Oskar verwundert.

„Na, mein Papa arbeitet doch bei der Polizei und…" Weiter kam Ben nicht, denn Oskars Mutter kam aus dem Haus heraus und rief: „Junge, wo bleibst du denn mit deinem Rucksack? Ich will die Waschmaschine anschmeißen."

„Tag!", rief Ben.

„Hallo, Ben!", rief Oskars Mutter. „Leider muss ich dich jetzt nach Hause schicken. Oskar hat noch ein paar Sachen zu erledigen."

Oskar verdrehte die Augen. Zum Glück sah das seine Mutter nicht, weil sie den schweren Rucksack ins Haus schleppte.

„Na, dann mach`s mal gut", sagte Ben und rannte los. Oskar stand jetzt allein da. In seiner Hand brannte die Vermisstenanzeige. Nun riss der Vater die Haustür auf und rief ungehalten: „Oskar, jetzt setz dich in Gang und hole Prinz von der Hundepension ab! Die Betreuerin hat schon hier angerufen. Sie will Feierabend machen."

Oskar steckte schnell die Vermisstenanzeige in seine Hosentasche und rief: „Wird sofort erledigt, Vati!"

Um zur Hundepension zu kommen, musste Oskar an Leas Haus vorbeilaufen. Und wenn ich einfach mal klingele, dachte er. Kaum hatte er den Gedanken gefasst, stand er schon vor Leas Haus. Er drückte auf den Klingelknopf. Es rauschte in der Sprechanlage.

„Ja?", fragte Leas Mutter.

„Ich bin es, Oskar. Ist Lea da?"

„Weißt du denn nicht, was passiert ist?", rief Leas Mutter schrill. „Lea ist…" Weiter kam sie nicht, denn ein Mann schrie wütend in die Sprechanlage: „Verschwinde, du Lausebengel, sonst kannst du was erleben!"

Oskar lief erschrocken weiter. Nach ein paar Minuten hatte er die Hundepension erreicht. Im Infokasten neben der Eingangstür hing die Vermisstenanzeige von Lea. Oskar seufzte.

Die Hundebetreuerin stand schon mit Prinz, einem jungen mittelgroßen Mischlingsrüden mit langem braunem Fell, hinter dem Eingangstor. Sie hatte ihre Müh und Not, den wild bellenden Rüden zu halten.

„Endlich bist du da!", rief die Betreuerin unfreundlich. „Prinz will nach Hause, genau wie ich. Ich hatte schon vor einer Stunde Feierabend."

„Oh, bitte entschuldigen Sie", sagte Oskar und öffnete das Tor. „Ich wurde von meinem Freund aufgehalten. Wissen Sie etwas über..." Weiter kam er nicht.

Prinz hatte sich losgerissen und sprang sein Herrchen stürmisch an. Oskar drehte sich schnell weg. Aber der Rüde war nicht zu halten. Immer wieder sprang er an dem Viertklässler hoch und bellte ohrenbetäubend. Oskar war genervt und schrie: „Prinz, Sitz!"

Jedoch war Prinz so aufgedreht, dass er Oskar mit voller Wucht ansprang. Da konnte sich der Viertklässler nicht mehr halten und fiel in den Dreck.

Die Betreuerin stöhnte und sagte gereizt: „Das nächste Mal komm bitte mit deinem Vater. So einen Aufruhr brauche ich nicht noch einmal."

Oskar staubte sich ab und sagte kleinlaut: „Entschuldigung. Was ich noch fragen wollte: Wissen Sie etwas …"

„Ich weiß nur, dass ich Feierabend habe", unterbrach ihn die Frau ungehalten, „mach`s gut. Die Rechnung schicke ich euch per Mail zu."

Oskar verdrehte die Augen und sagte: „Komm, Prinz, wir gehen nach Hause."

Prinz wedelte treuherzig mit dem Schwanz. Er wollte losrennen, aber Oskar bremste ihn mit der Leine ab. Der Viertklässler starrte auf die Vermisstenanzeige im Schaukasten. Leas blaue Augen strahlten ihn an.

„Mensch, Lea, wo bist du nur?", sagte Oskar traurig. „Ich habe Angst um dich."

Plötzlich umwehte ihn ein kalter Luftzug und eine Stimme flüsterte ihm ins Ohr: „Du kannst Lea finden."

Oskar erstarrte zur Salzsäule. Die Stimme kam

ihm irgendwie bekannt vor. Tarabassini, schoss es ihm durch den Kopf. Den sonderbaren Zauberer hatte er vor ein paar Monaten kennengelernt. Der Zehnjährige hatte den Zauberer durch eine gute Tat von seinem Fluch befreit. Die weiß gemusterte Feder von seinem Umhang, die Oskar zu Hause aufbewahrte, erinnerte ihn oft an Tarabassini. Der hatte Oskar erzählt, dass eine Hexe vor zehn Jahren seine Frau getötet und sein Baby entführt hatte. Nach seiner Befreiung wollte sich der Zauberer auf die Suche nach seiner Tochter machen.

Tarabassini streift also unsichtbar um mich herum, dachte Oskar entsetzt. Eine Gänsehaut überzog seinen Körper. Er stand noch eine ganze Weile unschlüssig da und starrte auf die Vermisstenanzeige. Prinz schielte ihn von der Seite an.

„Prinz, wir müssen jetzt los", sagte Oskar unvermittelt und zog an der Leine.

Der Weg nach Hause führte ein ganzes Stück durch den Wald. Der junge Mischlingsrüde schnüffelte erfreut den Wegesrand ab und hinterließ überall seine Duftmarken.

Oskar war in seinen Gedanken versunken. Tarabassini kann doch nicht behaupten, dass ich

Lea finden kann, dachte er wütend und wischte sich über die Stirn. Er hatte ja nicht einmal den kleinsten Anhaltspunkt, wo er mit der Suche beginnen könnte.

Mittlerweile war Oskar zu Hause angekommen. Prinz war so erfreut wieder in seinem Revier zu sein, dass er ein Bellkonzert anstimmte. Da wurde die Haustür aufgerissen. Oskars zwei Jahre ältere Schwester Lara rief: „Bruderherz, einen schönen Gruß von Vati! Prinz soll nicht so einen Radau machen, das nervt."

Oskar holte ganz tief Luft. Dann schrie er: „Aus, Prinz, aus!" Aber das stachelte den Rüden nur weiter an. Er bellte aus Leibeskräften. Mittlerweile hatten sich weiße Schaumflocken an seiner spitzen Schnauze gesammelt. Die schüttelte er nun ab. Oskar bekam gleich eine ganze Ladung des Sabbers ab.

„Oh man", schrie Oskar, „das ist ja eklig!" Angewidert wischte er sich den Sabber ab.

Jetzt jagte Prinz über das Grundstück. In der Zwischenzeit war die Mutter vom Einkaufen gekommen. Sie stellte ihre schweren Einkaufstüten ab und öffnete das Gartentor.

„Oskar, hilf mir bitte mal!", rief die Mutter. Noch bevor Oskar am Gartentor war, stürmte Prinz an ihm vorbei. Der Mischlingsrüde rannte auch an der verdutzten Mutter vorbei, dann auf die Straße und weiter in den Wald.

„Prinz, komm zurück", schrie Oskar, „sofort!"

Die Mutter war so überrascht, dass sie kein Wort über ihre Lippen brachte.

„Mama, ich muss Prinz hinterherrennen!", rief Oskar weinerlich. Mittlerweile war er mit seinen Kräften am Ende. Seine Heimkehr nach dem Urlaub hatte er sich anders vorgestellt. Längst wollte er schon gemütlich auf seiner Couch sitzen und sein neues Computerspiel ausprobiert haben.

„Ja, ja", sagte die Mutter verdattert, „renne schnell Prinz hinterher. Ich schaffe es schon allein, die Taschen ins Haus zu bringen."

Oskar raste los. Die Tränen brannten ihm in den Augen.

Wo ist Prinz?

Keuchend blieb Oskar nach einer Weile stehen und rief verzweifelt: „Prinz, hierher!"

Aber kein freudiges Bellen war zu hören, nicht einmal ein Knacken im Unterholz, das Hoffnung gab, dass Prinz ganz in der Nähe war.

Oskar setzte sich erschöpft auf einen Baumstamm. Tränen liefen ihm über sein Gesicht.

Er fühlte sich gar nicht gut. Nach einer Weile streckte er jedoch seinen Oberkörper und lief weiter in den Wald hinein. Er blieb oft stehen und rief nach dem Mischlingsrüden. Aber von Prinz fehlte jede Spur. Schließlich hatte Oskar die alte Baumhöhle erreicht, in der er vor ein paar Monaten einen Zauberring gefunden und Tarabassini kennengelernt hatte. Gespannt spähte der Zehnjährige in die dunkle, verwitterte Baumhöhle.

Er hoffte, dass ihm der Zauberer ein Zeichen geben würde. Aber nichts geschah.

Enttäuscht rief Oskar: „Tarabassini, ich brauche deine Hilfe. Prinz ist abgehauen. Du weißt bestimmt, wo er ist."

Auf einmal umwehten Oskar kalte Luftzüge.

Dann hörte er eine Frauenstimme sagen: „Oh, du Lausebengel, du denkst, du schreist einmal um Hilfe und all deine Probleme sind gelöst. Da irrst du dich gewaltig. Ich bin die Herrin des Landes Hokuspokus und ich werde dich im Auge behalten."

Die Wintersonne in den Bergen hatte Oskars Gesicht braun gebrannt. Doch nun war er schneeweiß im Gesicht und seine Beine schienen sich in Wackelpudding verwandelt zu haben. Vor Schwäche lehnte er sich gegen das modrige Holz. In seinem Kopf fuhren die Gedanken Achterbahn. Warum hatte der Zauberer plötzlich eine Frauenstimme? Von einem Land mit dem Namen Hokuspokus hatte er noch nie gehört.

Oskar wischte sich über die Stirn. Er wollte jetzt nur nach Hause. Vielleicht war ihm Prinz vorausgeeilt. Er flitzte los.

Seine Zuversicht zerschlug sich jäh, als er das Gartentor öffnete. Lara, die im Garten Wäsche aufhängte, empfing ihn unfreundlich: „Na, Bruderherz, hast du deinen Kläffer nicht einfangen können?"

Oskar war am Ende seiner Kraft und entgegnete nur matt: „Lass mich einfach nur in Ruhe, blöde Kuh."

Mit seiner Schwester stand er wieder auf Kriegs-fuß. Nach der Befreiung von Tarabassini hatte sich Oskar vorgenommen, sich mit Lara besser zu vertragen und auch fleißiger für die Schule zu lernen. Beide Vorhaben scheiterten nach ein paar Wochen. Da Lara ihn immer wieder mit boshaften Kommentaren genervt hatte, war ihm schnell die Lust vergangen, nett zu sein. In der Schule hänselten ihn seine Mitschüler stän-dig, weil er seine abstehenden blonden Haare nicht frisiert bekam. Igelchen hieß er oder auch Struwwelpeter. Das lenkte ihn vom Aufpassen im Unterricht ab. Seine Schulnoten waren des-halb schlecht.

Oskar schlich sich ins Haus. Die Mutter kam ihm besorgt entgegen.

„Komm mal her, mein Schatz", sagte sie, „er-zähle mir doch einmal, wo du Prinz gesucht hast."

„Ich bin bis zur alten Baumhöhle gelaufen, Mama, aber von Prinz fehlt jede Spur", schniefte Oskar. „Was soll jetzt bloß werden?"

Die Mutter streichelte Oskar über die Wange und sagte: „Ich schreibe Vater eine WhatsApp. Er ist in die Klinik gefahren, um nach dem Rechten zu sehen. Auf dem Rückweg kann er noch einmal die Gegend abfahren. Vielleicht irrt Prinz durchs Wohngebiet und findet den Heimweg nicht."

„Das kann sein, Mama", stimmte Oskar matt zu. Sein Vater war Chefarzt der Klinik. Bestimmt kam er wieder spät nach Hause. Meistens schlief Oskar dann schon.

„Ich gehe ins Bett", sagte er deshalb und gähnte herzhaft. „Wenn Vati mit Prinz nach Hause kommen sollte, wecke mich bitte."

„Das verspreche ich dir, mein Schatz", sagte die Mutter, „und wenn du im Bett bist, rufe ich noch bei Tasso, dem Haustierregister, an. Zum Glück haben wir dort die Chipnummer von Prinz registrieren lassen. Er hat außerdem die TASSO- Plakette mit der Kenn-Nummer am Halsband. Wenn jemand Prinz findet, bekommt er über diese Nummer heraus, dass du sein Herrchen bist."

„Hoffentlich", sagte Oskar gähnend, „gute Nacht, Mama."

Am nächsten Morgen war Oskar zeitig wach. Sein erster Blick fiel auf das leere Körbchen von Prinz. Er holte tief Luft. Neun Uhr gab es sonntags immer Frühstück. Jetzt war es gerade sieben Uhr. Schlafen konnte der Viertklässler nicht mehr. Also stand er auf, zog sich gähnend an und schlich sich aus dem Haus.

Es war bitterkalt. Oskar hatte sich warm angezogen, denn er hatte den Reif an den Bäumen gesehen. Er lief bis zum Waldrand und spähte in die Dunkelheit. Auf einmal sah er zwei Augen aufblitzen.

„Prinz, hierher!", rief Oskar aufgeregt. „Hierher, mein Guter!"

Aber kaum war die letzte Silbe im Morgengrauen verhallt, verschwanden die leuchtenden Augen im Unterholz des Waldes. Oskar war enttäuscht. Er lief noch einmal die Nachbarstraßen ab. Bewegte sich da nicht etwas im Halbdunkeln?

Der Zehnjährige lief schneller.

„Prinz, mein Lieber!", rief Oskar erfreut.

Tatsächlich, da lief ein Hund. Aber es war nicht Prinz. Es war eine ganz kleine Promenadenmischung mit struppigem Fell. Der kleine Hund verschwand so schnell wieder, dass Oskar nicht einmal sah, in welche Richtung er gelaufen war.

Oskar pustete sich in seine kalten Hände und lief nach Hause. In seinem Kopf drehte sich alles. Er wollte nur in sein Bett zurück. Zu Hause war noch alles ruhig. Oskar sah auf die Uhr.

Noch hatte er eine Stunde Zeit bis zum Frühstück. Zähneklappernd fiel er in sein Bett und
schlief sofort ein.

   „Oskar, aufstehen, mein Schatz!", rief die Mutter. „Das Frühstück ist fertig."

Oskar zuckte zusammen. Er hatte von dem struppigen Hund geträumt. Das unansehnliche Fellknäuel hatte ihn im Traum flehentlich angeschaut und traurig gebellt: „Wau, ich bin verzaubert, wau, wau."

Oskar kroch schwerfällig aus seinem Bett. Ihm war das alles zu viel, was seit gestern passiert war. Er trottete ins Bad. Tiefe Augenringe lagen unter seinen blauen Augen. Seine blonden Haare standen wie Nadeln in allen Richtungen ab. Kein Wunder, dass sie mich in der Schule Igelchen rufen, dachte er missmutig und versuchte irgendwie seine Haare zu bändigen. Aber an diesem Sonntagmorgen schienen sie besonders widerspenstig zu sein.

Also gab er auf und lief die Treppe hinunter. Er erschien wie so oft als Letzter am Frühstückstisch. Lara, die gerade von ihrem Käsebrötchen abbeißen wollte, lachte los und rief: „Bruderherz, nichts für ungut, aber heute siehst du wie ein Nadelkissen aus."

„Du blöde Kuh", erwiderte Oskar wütend, „und ich wollte mit dir Frieden schließen. Du kannst mir mal den Buckel runterrutschen."

Lara wollte gerade protestieren, als sich der Vater einmischte und sagte: „Nun ist aber mal gut, Kinder. Ich erwarte, dass ich am Sonntag in Ruhe frühstücken kann."

Oskar bemerkte, dass sich der Vater noch nicht rasiert hatte, denn sein Gesicht schmückte nicht wie sonst üblich ein kleines blutdurchtränktes Stück Tempotaschentuch.

Der Vater kratzte sich am Kinn und sagte: „Mein Junge, statt mich zu rasieren, habe ich heute Morgen mit dem Tierheimleiter telefoniert. Leider wurde Prinz noch nicht dort abgegeben. Aber sowie der Rüde dort auftauchen sollte, gibt uns das Tierheim Bescheid."

„Und ich habe gestern Abend noch bei dem Haustierregister TASSO angerufen", fügte die Mutter hinzu. „Auch die Mitarbeiter von TASSO informieren uns sofort, wenn die Chipnummer von Prinz aufgerufen wird."

Oskar schaute seine Eltern dankbar an und sagte: „Hoffentlich meldet sich bald jemand vom Tierheim oder TASSO."

Ein verrückter Sonntag

Als das Telefon klingelte, zuckte Oskar zusammen. Die Mutter ging an das Telefon heran. Oskar legte sein Brötchen weg. Er schaute ängstlich seine Mutter an. Die reichte das Telefon an den Vater weiter und flüsterte: „Die Klinik."

Oskar seufzte enttäuscht. Der Vater stand auf und sagte: „Ich muss los. Ein Patient von mir schwebt in Lebensgefahr. Tut mir Leid."

Lara meinte schnippisch: „Die Kranken können sonntags einfach nicht auf Vati verzichten."

Kaum war der Vater aufgestanden, klingelte erneut das Telefon. In Oskars Bauch grummelte es. Die Mutter nahm das Gespräch an und bekam vor Aufregung rote Flecken im Gesicht als sie sagte: „Und die Leute sind schon auf dem Weg zu uns. Das ist ja eine tolle Nachricht. Vielen Dank."

„Kinder", sagte die Mutter strahlend und legte das Telefon weg, „Prinz wurde nur ein paar Straßen von uns entfernt aufgegriffen. Die Leute haben bei TASSO angerufen und die Chipnummer abgefragt. Es ist unser Prinz."

„Na, dann kann ich ja beruhigt losfahren", rief

der Vater noch in die Küche hinein, bevor er das Haus verließ.

Oskar beschlich ein eigenartiges Gefühl. Da klingelte es auch schon. Die Mutter, Lara und Oskar stürmten zur Tür. Als sie die Tür geöffnet hatten, stand ein Ehepaar mit einer struppigen Promenadenmischung davor. Oskar traute seinen Augen nicht. Das war der kleine unansehnliche Hund, den er heute Morgen entdeckt hatte.

Die Mutter sagte: „Guten Tag! Es ist toll, dass Sie sich die Mühe gemacht haben, den Hund zu uns zu bringen. Leider ist das aber nicht unser Prinz."

„Die Chipnummer stimmt doch mit Ihrer Registrierung bei TASSO überein", sagte die ältere Frau erstaunt. „Sehen Sie hier. Am Halsband hängt die Plakette."

„Kommen Sie bitte hinein", sagte die Mutter. „Ich hole den Ausweis von Prinz und wir vergleichen die Nummer noch einmal."

Die Mutter führte das ältere Ehepaar mit dem Hund ins Wohnzimmer.

Lara sagte abfällig: „Der hässliche Köter kommt nicht in mein Zimmer." Dann ging sie die Treppe hoch und verschwand in ihrem Kinderzimmer.

Oskar schaute den kleinen Hund neugierig an. Irgendetwas stimmte nicht mit ihm. Aber bevor er weiter überlegen konnte, kam die Mutter mit dem Haustierausweis und einem Foto von Prinz wieder.

Sie zeigte dem Ehepaar das Foto. Der Frau stand der Mund offen. Sie brachte kein Wort hervor. Der Mann brabbelte: „Da ist wohl keine Verwechslung möglich."

„Das hier ist unser Prinz", sagte die Mutter stolz. „Da gibt er gerade Pfötchen. Dies hat ihm mein Sohn beigebracht." Dann nahm sie dem kleinen Hund das Halsband ab, an dem die Plakette hing. Der Hund versteckte sich sogleich hinter dem Sofa. Oskar wollte ihn gleich wieder hervorholen. Aber die Mutter bremste ihn und sagte: „Nun lass uns erst einmal die Chipnummer vergleichen. Du liest die Nummer aus dem Ausweis vor und ich vergleiche sie mit der Plakette."

Das Ehepaar war ganz nervös. Die Frau kaute die ganze Zeit auf ihren Lippen herum.

Oskar las ganz langsam die fünfzehnstellige Chipnummer vor und die Mutter nickte bei jeder Ziffer. Dann sagte sie: „Keine Frage, das ist die Chipnummer von Prinz. Es scheint ja auch sein Halsband zu sein. Vielleicht ist es eingelaufen."

„Oh, Mama", rief Oskar verzweifelt, „wie kommt der Winzling zu Prinz` seinem Halsband."

„Das würde mich auch interessieren", sagte die Frau aufgeregt. „Von allein ist das Halsband Ihres Hundes jedenfalls nicht an die kleine Hündin gekommen."

„Was machen wir nun?", fragte der Mann und spielte mit dem Stück Wäscheleine herum, das als Leine gedient hatte. „Wir können den Hund nicht behalten. Wir haben doch zu Hause zwei Katzen. Die würden Kleinholz aus dem kleinen Fellknäuel machen."

Oskar schaute seine Mutter von der Seite an. Er hatte immer noch Bauchschmerzen. Die Mutter holte tief Luft und sagte: „Sie können den Hund bei uns lassen. Wir bringen ihn heute noch ins Tierheim. Sicher wird er schon vermisst."

Das Ehepaar stand erleichtert auf. Der Mann sagte: „Ja, das ist wohl das Beste. Bitte geben Sie uns doch mal Bescheid, wie alles ausgegangen ist. Die Sache hat schon etwas von einem Krimi."

Auf den ich gern verzichtet hätte, dachte Oskar. Ihm war ganz komisch zumute. Irgendetwas ging hier nicht mit rechten Dingen zu.

Die Mutter führte das Ehepaar hinaus. Oskar stürzte zum Sofa. Aber er konnte den kleinen Hund nicht entdecken. Er musste in der Zwischenzeit entwischt sein.

Plötzlich waren grelle Schreie zu hören. Die Mutter kam gerade zurück und rief: „Das war Lara!"

Sie stürzte die Treppe hinauf. Oskar rannte hinterher. Die Mutter riss die Kinderzimmertür auf. Lara stand auf ihrem Bett und schrie. Vor ihrem Bett saß der kleine Hund und hechelte.

„Hier ist die Ausreißerin also", sagte Oskar und ging auf die Hündin zu. Als er die Hündin auf den Arm nehmen wollte, geschah etwas Unglaubliches. Sie löste sich in Luft auf. Lara schrie wie am Spieß. Oskar riss die Augen und den Mund weit auf. Die Mutter wurde schneeweiß und ließ sich auf Laras Drehstuhl fallen.

„Mama, das ist ein Zau…Zauberhund", stotterte Oskar.

„Es gibt aber keine Zauberhunde", schrie Lara.

„Kinder", sagte die Mutter matt. „lasst uns auf den Vater warten. Er hat bestimmt eine Erklärung für alles. Ich gehe die Küche aufräumen."

Lara rief: „Verlass bloß schnell mein Zimmer,

Bruderherz! Und wehe, du erzählst meinen Freunden etwas von der Sache mit dem Hund."

„Deine Freunde würden mich doch nur für verrückt erklären", erwiderte Oskar und verließ Laras Zimmer. Oskar hörte wie seine Schwester ihr Zimmer abschloss. Er seufzte.

Als er in seinem Zimmer war, fiel ihm die weiß gemusterte Feder von Tarabassinis Umhang ein. Oskar machte seine Schreibtischschublade auf. Er nahm die Feder in die Hand und strich behutsam darüber. Plötzlich tauchte auf der Zauberer auf.

„Du hast mich gerufen", sagte er mit schwacher Stimme, „ich kann dir aber nicht helfen. Meine Zauberkraft schwankt ständig. Die Hexe, die vor zehn Jahren meine Frau getötet und mein Baby entführt hat, spürte mich auf und verwandelte mich in einen kleinen Hund. Dann bekam ich eine Hundemarke um. Verflixt noch mal, gleich ist es um mich geschehen, wau, wau." Es war nur noch ein klägliches Winseln zu hören. Auf der Stelle, auf der Tarabassini gestanden hatte, saß jetzt mit hängendem Kopf die kleine ungepflegte Hündin. Oskar war baff. Er nahm die Hündin auf seinen Schoß und streichelte ihr über den Rücken.

„Du bist also Tarabassini", sagte Oskar mitleidig, „also ist an der Geschichte mit der Hexe etwas dran, obwohl ich das überhaupt nicht begreifen kann. Du hast zu mir gesagt, ich kann Lea finden. Aber wo soll ich anfangen zu suchen. Und vor allem muss ich erst einmal Prinz finden."

„Wau", kläffte die Hündin, „die Feder ist der Schlüssel. Sie besitzt magische ..." Noch bevor die Hündin den Satz beenden konnte, verschwand sie vor Oskars Augen.

In dem Moment rief die Mutter: „Oskar, komm schnell runter. Das Tierheim hat angerufen. Es geht um Prinz."

Oskar holte tief Luft. Wenn wirklich eine böse Hexe die Finger im Spiel hatte, wäre er doch machtlos. Da sah er die Feder auf seinem Schreibtisch liegen.

Er nahm sie in die Hand und strich darüber. Auf einmal hörte er Tarabassinis Stimme: „Nimm die Statue mit nach Hause."

Oskar verstand das nicht. „Welche Statue?", rief er. Tarabassini antwortete nicht mehr. Der Zehnjährige legte die Feder ganz hinten in seine Schreibtischschublade. Dann rannte er schnell hinaus zu seiner Mutter, die ungeduldig in ihrem Auto saß und auf Oskar wartete.

Der Tierheimleiter stand schon an der Tür und winkte hektisch, als die Mutter auf den Parkplatz fuhr. Er kam gleich zum Auto gelaufen und riss die Fahrertür auf.

„Gut, dass Sie da sind", rief er aufgeregt, „so etwas habe ich noch nicht erlebt. Ich werde die Polizei einschalten müssen. Meine Mitarbeiterin musste ich schon nach Hause schicken. Ich glaube, sie hat einen Schock." Der Tierheimleiter wischte sich mit dem Handrücken die Schweißperlen vom Gesicht.

Die Mutter wurde blass. Oskar stieg mit wackeligen Beinen aus dem Auto.

Der stämmige Tierheimleiter führte die Mutter und Oskar in sein Büro. Die Mutter blieb abrupt in der Tür stehen, denn mitten auf dem Schreibtisch saß Prinz, ganz still und steif.

Oskar stürzte gleich auf seinen Hund zu. Ruckartig blieb er stehen, denn Prinz war nicht lebendig. Er war eine täuschend echt aussehende, lebensgroße Statue.

Die Mutter stammelte: „Wie erklären Sie sich das?"

Der Tierheimleiter wischte sich abermals über die Stirn und sagte: „Ich habe keine Erklärung. Meine Mitarbeiterin fand die Statue heute Mor-

gen vor dem Tierheim. Aus Spaß hielt sie das Chiplesegerät an die Statue und als das eine Chipnummer anzeigte, rief mich panisch an. Ich fand dann heraus, dass die Chipnummer zu Ihrem Hund gehört."

Oskar musste daran denken, was Tarabassini zu ihm gesagt hatte. Deshalb sagte er: „Mama, bitte lass uns die Statue mit nach Hause nehmen. Schließlich ist sie Prinz. Die Chipnummer ist der Beweis."

„Sind Sie damit einverstanden?", fragte die Mutter den Tierheimleiter.

„Hm, Ihr Junge hat Recht. Es ist sein Hund, auch wenn er nun aus Kunststein ist. Aber ich muss die Polizei informieren, denn eigentlich werden Lebewesen nur in Märchen in Stein verwandelt."

Der Tierheimleiter schüttelte verständnislos den Kopf. Mittlerweile war sein Sweatshirt überall mit Schweißtropfen übersät.

Die Mutter nahm stöhnend die Statue vom Tisch. Zum Glück war der Kunststein leicht. Oskar lief der Mutter nervös hinterher.

Zauberei in der Schule

„Mama, darf Prinz in seinem Körbchen sitzen?", fragte Oskar die Mutter, als sie die Haustür aufschloss.

„Von mir aus", sagte die Mutter matt, „mir kommt es so vor, als ob ich im falschen Film bin. Ich bereite jetzt das Mittagessen vor und hoffe, dass Vater bald nach Hause kommt."

„Mama, darf ich kurz mal Ben besuchen?", fragte Oskar.

„Von mir aus", antwortete die Mutter abermals, „aber pünktlich um dreizehn Uhr bist du wieder hier."

„Danke, Mama", rief Oskar, „du bist super!"

Aber nur, wenn du deinen Willen kriegst, dachte die Mutter und seufzte. Dann ging sie in die Küche. Oskar brachte die Hundestatue in sein Zimmer und stellte sie in die Mitte des Körbchens. Er strich über den braunen Kunststein und sagte: „Alles wird gut, mein lieber Prinz. Ich gehe jetzt zu Ben. Meinst du, ich soll die Zauberfeder mitnehmen?"

Oskar erhielt keine Antwort. Er kramte die Feder aus seiner Schreibtischschublade hervor und strich sie glatt.

„Wau, wau", ertönte es plötzlich neben ihm. „ich bin zu schwach, um mich zu zeigen. Die Hexe hat auch Prinz verzaubert."

„Aber warum denn?", fragte Oskar verzweifelt.

„Weil sie weiß, dass du sie entlarven und Lea finden kannst. Sie hat Angst vor dir, wau, wau", bellte es.

„Alle Wetter", sagte Oskar und streckte sich, „eine Hexe hat Angst vor mir." Er kam sich plötzlich ungeheuer stark vor. Dass Tarabassini sich dies aber nur ausgedacht hatte, um ihn besser für seine Zwecke lenken zu können, ahnte er nicht. Oskar entschloss sich nun, doch nicht zu Ben zu gehen und packte die Zauberfeder weg.

Der Vater kam pünktlich zum Mittagessen nach Hause. Er hatte seinem Patienten das Leben retten können und war guter Dinge. Für die seltsamen Ereignisse hatte er allerdings auch keine Erklärung und schlug für den Nachmittag einen Ausflug in den Zoo vor.

Montagmorgen war Oskar schon zeitig wach und schaute zuerst zu seinem Hund. Der Rüde war immer noch in Kunststein gemeißelt. Mist, dachte Oskar, Tarabassini könnte sich ruhig ein bisschen mehr ins Zeug legen. Er ging zu seinem Schreibtisch und kramte die Zauberfeder hervor. Er strich darüber und sagte versonnen: „Heute bin ich der Boss in der Schule."

Oskar kam es so vor, als ob er ein klägliches Bellen in seinem Zimmer hörte. Ich spinne ja schon, dachte er und steckte die Feder in seine Schultasche.

Nach dem Frühstück machte er sich auf den Weg, um Ben abzuholen. Sein Freund wartete schon ungeduldig vor der Haustür auf ihn.

„Hey, Alter", empfing Ben ihn, „wie war dein Wochenende? Habe gehört, es war ziemlich krass." Ben musste sich das Lachen verdrücken.

Oskar schielte Ben von der Seite an. Was wusste er? Da fiel ihm ein, dass Bens Vater Polizist war. Er tat gleichgültig und erzählte: „Wir waren gestern im Zoo. Am besten haben mir die Erd-männchen gefallen. Meine Schwester und ich durften uns sogar im Zooladen ein Kuscheltier kaufen. Die waren echt teuer."

„Die Statue von Prinz bringt bestimmt viele Euros ein, wenn du sie verkaufst", sagte Ben wichtigtuerisch.

„Das hat dir bestimmt dein Vater gesagt!", rief

Oskar wütend. „Nicht einmal für eine Million Euro würde ich die Statue verkaufen."

Oskar lief durch das Schultor, ohne auf Ben zu warten. Er rannte Hals über Kopf in seinen Klassenraum. Kurz nach Oskar betrat Frau Wagner, die Klassenlehrerin der 4a, mit ernstem Gesicht das Klassenzimmer. Sie kam aber nicht allein. Zwei Polizisten begleiteten sie. Einer davon war Bens Vater. Nun traf auch Ben ein. Er lief auf seinen Vater zu und begrüßte ihn überschwänglich. In dem Augenblick rief Frau Wagner in die Klasse: „Kinder, setzt euch bitte! Wir haben etwas Wichtiges zu besprechen."

Oskar saß vor Ben. Moritz saß Oskar schräg gegenüber. Er zeigte ihm die Vermisstenanzeige von Lea. Das sah Frau Wagner. Sie rief: „Moritz, packe bitte das Blatt weg! Hauptkommissar Müller und sein Kollege, der Vati von Ben, werden gleich mit euch über das Verschwinden von Lea sprechen."

Der Hauptkommissar holte tief Luft und sagte dann: „Guten Morgen, Kinder, wir brauchen eure Hilfe. Erzählt uns doch mal, wo ihr euch mit Lea immer getroffen habt und was ihr zusammen gespielt habt."

Gleich meldeten sich etliche Kinder. Der Hauptkommissar nahm jedes Kind dran und der Vater von Ben schrieb mit, was die Kinder erzählten. Oskar blieb ruhig. Er wollte Lea allein finden und als Held gefeiert werden.

Jedoch wurde er aus seinem Traum gerissen als der Hauptkommissar sagte: „Es passieren auf einmal seltsame Dinge im Ort. Unter anderem tauchte im Tierheim eine Statue von Oskars Hund auf. Wir haben sie vorhin abgeholt und auf das Revier gebracht. Oskar, kannst du uns zu dem Vorfall etwas sagen?"

Oskar wurde puterrot bis zu den Ohrenspitzen. Nun wusste die ganze Klasse von der Hundestatue. Er tastete nervös nach der Zauberfeder in seiner Schultasche und strich darüber. Plötzlich brach ein Tumult in der Klasse los. Am lautesten schrie Frau Wagner.

Hauptkommissar Müller rief entsetzt: „Ich bitte um Ruhe!"

Oskar schaute an sich hinunter. Er sah ein Bein und einen Arm. Er tastete mit seinem Arm nach seinem Kopf. Sein Gesicht konnte er nicht fühlen, aber seine widerspenstigen Haare.

Hauptkommissar Müller stand breitbeinig, die Hände in die Hüften gestemmt, vor ihm und sagte streng: „Sag mir sofort, was du getan hast.

Du hast deine Lehrerin und deine Klassenkameraden zu Tode erschreckt."

„Ähm, ich weiß nicht wieso meine Körperteile verschwunden sind", stotterte Oskar. „Vielleicht ein böser Zauber von einer Hexe."

„Verkauf mich nicht für dumm!", rief der Hauptkommissar ungehalten. „Du kommst jetzt mit auf das Revier. Frau Wagner informiert deine Eltern. Dann können sie dich halbe Portion abholen."

Oskar schluckte. Was sollte er jetzt tun? Da klopfte es an der Tür. Als Frau Wagner geöffnet hatte, traten die Schulleiterin, die Mutter und der Stiefvater von Lea ein. Kaum hatten sie den Raum betreten, war Oskar wieder vollständig sichtbar. Dem Hauptkommissar liefen Schweißperlen über das Gesicht.

Die Schulleiterin sagte: „Guten Morgen, Kinder. Leas Mama möchte euch auch noch einige Fragen zum Verschwinden ihrer Tochter stellen."

Leas Stiefvater ließ unterdessen Oskar nicht aus den Augen. Auf einmal schrien alle Kinder auf. Frau Wagner fiel in Ohnmacht. Oskar war verschwunden. Auf seinem Stuhl saß eine weiße Maus, die kläglich piepste.

Hauptkommissar Müller war blass geworden

und rief: „Aufgepasst, die Maus darf nicht entwischen!"

Aber bevor jemand die Maus fangen konnte, war sie durch die geöffnete Klassenraumtür entflohen. Leas Stiefvater lächelte zufrieden.

Die Maus rannte so schnell sie konnte durch das Schulhaus zum Ausgang. Da die Tür geschlossen war, versteckte sich die Maus in der Ecke. Als dann der Hausmeister die Tür öffnete, huschte die Maus hindurch und flitzte zur Häusersiedlung. Ab und zu blieb die Maus stehen, um zu Atem zu kommen. Endlich hatte sie ihr Ziel erreicht: Oskars zu Hause. Aber sie war nicht unentdeckt geblieben. Eine gestreifte Katze setzte zum Sprung an.

Im allerletzten Moment bemerkte die Maus die Gefahr und rannte um ihr Leben. Zum Glück ging gerade die Haustür auf, da die Mutter von Oskar die Wäsche abnehmen wollte, die in der kalten Winterluft gut getrocknet war. Die Maus lief unauffällig ins Haus. Die Katze miaute und verschwand wieder.

Auf einmal ertönte ein greller Schrei. Lara, die auf Grund einer Erkältung nicht zur Schule gegangen war, kam schreiend aus dem Haus gestürzt und rief panisch: „Mama, eine Maus, eine eklige weiße Maus ist im Haus! Hatschi!"

Die Mutter ließ die Wäsche fallen und lief zu ihrer aufgelösten Tochter. Sie nahm sie in den Arm und sagte: „Habe keine Angst. Ich kümmere mich sofort um das Mäuschen. Du gehst jetzt schnell wieder ins Warme."

„Ich betrete das Haus nicht, bevor du die Maus eingefangen hast", sagte Lara bibbernd und schlug sich die Arme um ihren Oberkörper, da sie keine Jacke anhatte.

„Du kannst nicht hier draußen bleiben", sagte die Mutter, „da wirst du noch kränker."

„Das ist mir egal", sagte Lara trotzig und hustete.

„Ohne Widerrede jetzt ins Haus", sagte die Mutter aufgebracht und zog Lara hinter sich her. Kaum hatte die Mutter die Haustür geöffnet, rannte Lara die Treppe hoch und schloss sich in ihrem Kinderzimmer ein. Sie kuschelte sich in ihr Bett und zog die Bettdecke bis zur Nasenspitze hoch. Als dann die weiße Maus auf der Bettdecke saß und kläglich fiepte, riss sie die Augen vor Entsetzen weit auf, brachte aber kein Wort hervor. Die Maus sagte: „Du brauchst keine Angst zu haben. Ich bin es, Oskar. Ich brauche deine Hilfe."

Lara musste niesen und zog sich die Bettdecke ganz über den Kopf. Ist nur ein Traum, dachte sie. Nun klinkte es mehrmals an der Tür. Die Mutter rief ganz aufgeregt: „Lara, die Maus ist Oskar. Ich muss zur Schule fahren."

Lara zog die Bettdecke soweit vom Kopf, so dass sie gerade hervorgucken konnte. Die Maus sagte: „Wenn Mama mit meinem Ranzen nach Hause kommt, musst du die Feder herausnehmen und darüber streichen."

„Ich denke nicht daran, du blöde Maus! Hatschi!", nieste Lara.

„Ich verspreche dir, dass Max dein Freund wird, wenn du mir hilfst", piepste die Maus.

„Wie soll denn das gehen? Max nimmt mich doch gar nicht für voll", sagte Lara hustend. Max war ihr Klassenkamerad. Lara schwärmte schon lange für ihn.

„Ich verspreche es dir hoch und heilig, dass Max dich toll findet, wenn du die Feder aus dem Ranzen holst und darüber streichst", piepste die Maus eindringlich.

Lara überlegte. Dann sagte sie: „Also gut, Mausbruder, ich tue es. Und wenn Max mich dann nicht toll findet, kannst du was erleben."

Die Hexe Indra

Die Mutter kam bald aus der Schule zurück. Sie stellte den Ranzen in Oskars Zimmer und öffnete dann Laras Tür. Die Mutter war sehr blass, als sie schluchzend sagte: „Hast du die Maus gesehen, beziehungsweise unseren Oskar?"

„Nein, Mama", antwortete Lara schnell. „Sollte ich meinen Mausbruder entdecken, bringe ich ihn zu dir."

„Ja, tu das", sagte die Mutter niedergeschlagen, „und nun schlafe dich gesund. Morgen sollst du wieder in die Schule gehen."

Kaum hatte die Mutter das Zimmer verlassen, stand Lara auf. Die weiße Maus, die sich unter ihrer Bettdecke versteckt hatte, huschte hervor. Ganz langsam öffnete Lara ihre Kinderzimmertür und steckte ihren Kopf heraus. Dann sagte sie: „Die Luft ist rein, Mausbruder."

Die Maus flitzte los. Lara betrat Oskars Zimmer und rümpfte die Nase. „Hier stinkt`s wie in einem Affenkäfig, Mausbruder. Wie wär es denn mal mit Lüften?" Dann holte sie die weiß gemusterte Feder aus Oskars Ranzen und strich darüber. Schnell ließ sie die Feder wieder fallen, denn Oskar stand leibhaftig vor ihr. „Mensch", wisperte Lara, „wie machst du das?"

„Ist jetzt egal", wiegelte Oskar ab und hob die Feder hoch. Schnell steckte er sie in seine Hosentasche. Im selben Moment kam eine Nachricht auf Laras Handy an. Sie verschwand in ihrem Zimmer und kam aufgeregt wieder zurück.

„Weißt du was, Bruderherz", sagte sie mit roten Wangen, „Max hat eine WhatsApp geschrieben und angefragt, ob er mich nach der Schule besuchen kann."

„Ich halte meine Versprechen", sagte Oskar mit aufgeblähtem Brustkorb.

Unterdessen war der Vater nach Hause gekommen. Die Mutter hatte ihn informiert, dass sich sein Sohn in eine Maus verwandelt hatte.

„Wo ist die Maus?", fragte der Vater die Mutter aufgeregt.

Oskar, der die Treppe hinunter gekommen war, rief beschwingt: „Hallo, Vati, ich bin keine Maus mehr! Wie durch ein Wunder bin ich wieder ich selbst."

Die Mutter hielt sich am Treppengeländer fest. Der Vater sagte kopfschüttelnd: „Als Arzt habe ich noch nie von solchen Verwandlungen gehört. Eigentlich gibt es sowas ja nicht in unserer Welt.

Aber um uns herum geschehen rätselhafte Dinge und es muss eine Erklärung dafür geben."

„Vati, die Polizei hat die Statue von Prinz auf das Revier gebracht", sagte Oskar aufgebracht. „Das finde ich gemein."

Der Vater guckte die Mutter an, die matt nickte. „Pass auf, mein Sohn", sagte der Vater, „wir fahren jetzt zum Revier. Dann sehen die Polizisten, dass du wieder ein Mensch bist und wir nehmen Prinz mit nach Hause."

„Toll", rief Oskar erfreut, „das ist eine gute Idee, Vati!"

Auf dem Polizeirevier empfing Hauptkommissar Müller den Vater und Oskar persönlich.

„Gut, dass Sie freiwillig kommen, Doktor, ich hätte Sie sowieso herbestellt", sagte der Hauptkommissar streng. „Ich muss ein Protokoll über die unerklärlichen Vorfälle in Ihrer Familie aufnehmen."

„Aber bitte behandeln Sie mich nicht wie einen Verbrecher", entgegnete der Vater, „es ist alles schon nervig genug."

„Ja, ja", sagte der Hauptkommissar abwinkend, „so war es auch nicht gemeint. Ihr Sohn bleibt am besten im Wartebereich."

„Oskar, du bleibst hier, bis ich wiederkomme",
sagte der Vater und zeigte auf einen der Stühle.

Oskar setzte sich teilnahmslos. In seinem Kopf
schwirrten die Gedanken nur so. Leas Stiefvater machte ihm Angst. Seine graue Wallemähne
und seine stechenden grünen Augen waren sehr
auffallend. In Gedanken rief Oskar nach Tarabassini. Aber der Zauberer tauchte nicht auf.

Der Vater schien schon eine Ewigkeit im Büro
des Hauptkommissars zu sein. Oskar begann
sich zu langweilen. Da fühlte er die Zauberfeder in seiner Hosentasche. Er zog sie heraus und
strich darüber. Ihm wurde schwarz vor Augen.

Als er die Augen aufschlug, befand er sich
in einem riesigen Schlosszimmer mit grüner
Seidentapete. Oskar begann zu zittern. Sicher
träume ich ja nur, dachte er und schaute sich um.
Er entdeckte einen Thron, auf dem ein Kolkrabe
saß, der Rarara schrie. Plötzlich verwandelte sich
der Kolkrabe in Leas Stiefvater. Oskar schwitzte
aus allen Poren.

„Ich begrüße dich im Land Hokuspokus", sagte
Leas Stiefvater hämisch. „Du denkst wohl, du bist
etwas Besonderes, weil du eine Zauberfeder besitzt. Leider ist Tarabassini etwas kraftlos geworden." Leas Stiefvater prustete los. Er warf seine

graue Wallemähne nach vorn und wieder nach hinten, danach drehte er sich wie ein Derwisch im Kreis. Oskar riss seine Augen ganz weit auf.

Vor ihm stand nun eine stark geschminkte Frau in einem langen gelben Kleid und einem lila Umhang. Sie hatte lange grau gelockte Haare und die gleichen grünen stechenden Augen wie Leas Stiefvater.

„Nun schau mich nicht so entgeistert an", sagte die Frau und strich Oskar über seine abstehenden Haare. „Wer hat dir bloß diese furchtbare Frisur angehext? So sollst du nicht mehr herumlaufen müssen, mein armer Junge." Die Frau lachte schrill und murmelte ein paar Zauberwörter.

Oskar fühlte ein Kribbeln auf seiner Kopfhaut. Er fasste sich erschrocken auf den Kopf. Seine Haare waren auf einmal ganz weich.

„Ab jetzt wirst du, mein Lausebengel, der Star deiner Klasse sein", sagte die Frau höhnisch, „jeder wird über deinen Kopf streicheln wollen, denn alle lieben Schafe. Sie sind dumm und schwach." Sie prustete los.

Oskar war vor Schreck im Gesicht so weiß geworden wie die Schafswolle auf seinem Kopf. Mit einem Mal hörte die Frau mit Lachen auf und sagte: „Ich bin die Hexe Indra und die

Herrin von Hokuspokus. Und du, Lausebengel, wirst Lea nie finden. Dieser gewissenlose Tarabassini hat dir Lügen erzählt. Lea ist meine Tochter. Tarabassini hat sie vor zehn Jahren in deine Welt entführt. Ich habe Tarabassini aus Rache mit einem Fluch verwünscht. Aber du musstest ihn unbedingt davon befreien, weil du ja so ein gutes Herz hast." Indra lachte hämisch auf. Dann fuhr sie fort: „Erst vor ein paar Monaten habe ich meine Tochter endlich aufspüren können. Ich musste zunächst das Vertrauen ihrer Adoptivmutter gewinnen, bevor ich Lea wieder zu mir holen konnte. Nun benutzt dich Tarabassini, um mir Lea wieder wegzunehmen. Und du, Einfaltspinsel, merkst nicht, wie er dich für seine Zwecke ausnutzt."

Oskar stand wie angewurzelt in der schummrigen Schlosshalle, starrte die Hexe an und zitterte am ganzen Körper. Er konnte keinen klaren Gedanken fassen.

„Mach dir nur nicht gleich in die Hose, mein Schäfchen", sagte Indra schnippisch, „gib mir lieber die Zauberfeder und vergiss Lea. Dann sollst du in deinem Zimmer aufwachen und dein Köter wird wieder lebendig sein." Indra hielt die Hand auf.

Oskar begann zu taumeln, denn die Zauberfeder in seiner Hosentasche schien plötzlich schwer wie Blei zu sein. Zu allem Überdruss hörte Oskar nun auch noch Tarabassinis Stimme sagen: „Gibst du Indra die Zauberfeder, wird sie dich in ein Schaf verwandeln."

„Wird`s bald, du Lausebengel!", fuhr die Hexe Oskar ungehalten an und hielt die Hand auf.

Oskar wusste nicht, was er machen sollte. In seiner Verzweiflung schrie er: „Lea, hilf mir!"

Ihm wurde schwarz vor Augen. Auf einmal hörte er die Stimme seines Vaters: „Mensch, Oskar, du hast ja wie ein Murmeltier geschlafen. Wo hast du denn die lustige Schafsperücke her?" Der Vater lachte. Er stellte die Hundestatue ab und wollte Oskar die Schafswolle vom Kopf ziehen.

Oskar sprang auf und schrie: „Aua, die Haare sind echt!"

Hauptkommissar Müller kam aus seinem Büro gestürzt. „Was ist um Gottes Willen nun schon wieder passiert?"

„Nichts, nichts", sagte der Vater schnell und stellte sich vor seinen Sohn, „Oskar freut sich nur, dass wir Prinz mit nach Hause nehmen können."

„Na super", sagte der Hauptkommissar erleichtert, „mir sind die verrückten Ereignisse von heute ziemlich auf den Magen geschlagen."

Als Hauptkommissar Müller wieder in seinem Büro verschwunden war, seufzte der Vater und sagte zu Oskar: „Jetzt lass uns schnell zum Auto

gehen. Dein Schafsfell darf keiner bemerken."
Der Vater gab Oskar den Autoschlüssel und ergriff die Hundestatue wieder.

Die Reise nach Hokuspokus

Oskar rannte über den langen Gang in der Polizeiwache. Der Vater mit der Hundestatue im Arm konnte ihm nicht so schnell folgen. Dann raste der Zehnjährige über den Parkplatz zum Auto seines Vaters. Schon von Weitem öffnete er den Jeep mit der Fernbedienung. Er riss die Beifahrertür auf und setzte sich keuchend. Als er die Autotür zuschlug, kam der Vater gerade aus der Polizeiwache heraus.

Was dann geschah, ließ dem Vater das Blut in den Adern gefrieren. Der Jeep hob vom Boden ab, stieg höher und höher. Der Vater sah wie ihm sein Sohn aufgeregt zuwinkte.

Kalkweiß im Gesicht stellte der Vater die Hundestatue ab und fuhr sich über die Stirn. Der Jeep war mittlerweile nur noch ein kleiner Punkt am blauen Himmel.

Ängstlich schaute sich der Vater um. Was sollte er machen? Er konnte doch nicht den Hauptkommissar die nächste Katastrophe beichten. Also nahm er die Hundestatue wieder auf den Arm und verließ eilig das Gelände der Polizeiwache.

Oskar saß inzwischen durchgeschwitzt vor Angst in dem fliegenden Jeep. Plötzlich hörte er ein klägliches Bellen. Auf dem Fahrersitz erschien die kleine Promenadenmischung.

„Schlangenei und Krötendreck, wau, wau", bellte der zerzauste Hund, „ich bin am Ende. Ich musste meine knappe Zauberkraft aufwenden, um aus dem Auto ein Flugzeug zu machen."

„Was ist denn das für ein blöder Zauber, mich mit einem Auto in den Himmel zu schicken?", schrie Oskar wütend. „Ich will nach Hause, sofort."

„Du fliegst jetzt nach Hokuspokus und suchst Lea, wau, wau", bellte der Hund heiser.

„Du kannst nicht über mich bestimmen, Tarabassini", entgegnete Oskar aufgebracht. „Außerdem hast du mich angelogen. Die Hexe Indra ist Leas Mutter."

„Glaube dem durchtriebenen Weib kein Wort, wau, wau", bellte der Hund kaum hörbar, denn er war schon fast nicht mehr sichtbar. „Indra ist…" Die Promenadenmischung war nun verschwunden, während der Jeep über den Wolken schwebte. Oskars Lippen zitterten, der Schweiß lief ihm über das Gesicht.

Noch bevor er weitere Gedanken fassen konnte, segelte der Jeep nach unten. Er plumpste unsanft zu Boden. Oskar schielte ängstlich durch das Seitenfenster nach draußen. Er schrie laut auf, denn er sah, wie ein Gerippe mit einem Schwert vor der Autoscheibe herumfuchtelte. Die Angst schnürte ihm die Kehle zu. Da hörte er Tarabassinis Stimme: „Nimm das Schwert und kämpfe!"

Oskar blickte auf den Fahrersitz. Dort lag ein glänzendes silbernes Schwert mit goldenem Griff.

Das Gerippe schlug mittlerweile auf den Jeep ein. Die Autoscheibe bekam Risse. Oskar ergriff das Schwert. Seine Lippen waren nur noch dünne Striche. Der Schweiß lief ihm über das Gesicht und brannte in seinen Augen. Mit bebenden Fingern öffnete er die Autotür. Sofort war das Geripppe zur Stelle. Oskar, der bislang nur mit Lichtschwertern gespielt hatte, schwang das Schwert. Er traf das Gerippe gleich am Bein. Das Gerippe knickte weg, traf aber Oskar noch mit dem Schwert am Arm. Das Blut lief Oskar über den Arm. Vor lauter Schmerz und Panik entwickelte der Zehnjährige ungeheure Kräfte. Er hieb so heftig auf das fallende Gerippe ein, dass alle Knochen einzeln zu Boden fielen.

Oskar ließ sich seufzend ins Gras fallen. Da verschwand das Schwert und die schmerzende Wunde am Arm verschloss sich. Der Jeep löste sich in Luft auf. Zitternd schaute sich der Viert-klässler um. Er saß mitten auf einer Waldlich-tung. Rund um die Waldlichtung standen dicht an dicht riesige Bäume, deren dunkles trockenes Laub ein schauriges Singsang erzeugten. Oskar war den Tränen nahe.

Da hörte er plötzlich Leas Stimme. „Du hast die Kraft, mich in Hokuspokus zu finden."

Oskar sprang auf und rief: „Lea, wo bist du?" Er schaute sich um und rannte zu dem finsteren Waldrand. „Tarabassini, hilf mir, Lea zu finden!"

„Meine Kraft ist nun endgültig versiegt", hörte Oskar die leise brüchige Stimme des Zauberers. „Von nun an bist du auf dich allein gestellt."

Oskar stand mit hängenden Schultern auf der Waldlichtung. Nach einer Weile nahm er allen Mut zusammen und lief ins Unterholz. Es knackte bei jedem seiner Schritte. Oskar lief weiter bis ihm etwas blendete. Abrupt blieb er stehen. Ganz langsam lief er auf die Lichtquelle zu. Im dichten Gestrüpp sah er eine Schatulle blinken. Neugierig ergriff er das goldene Kästchen und öffnete es. Drei Gegenstände befanden sich darin: ein goldener Kompass, die Zauberfeder und der Zauberring aus seiner Schreibtischschublade. Den Zauberring hatte er vor ein paar Monaten in einer Baumhöhle gefunden. Nachdem er sich dreizehn Wünsche mit dem Zauberring erfüllt hatte, war das Leuchten des roten Steines verloschen. Mit dem letzten Wunsch war Tarabassini war von seinem Fluch befreit gewesen. Nun leuchtete im Stein des Ringes wieder ein roter Feuerschein.

„Mit dem Kompass findest du mein Versteck", hörte er plötzlich Lea sagen. „Die Zauberfeder und der Zauberring helfen dir beim Kampf gegen Tarabassini und Indra. Ich habe die Feder und den Ring mit neuer Zauberkraft aufgeladen."

Oskar schaute sich erstaunt um. „Ich verstehe nur Bahnhof, Lea!", rief er schrill. „Wieso muss ich gegen Tarabassini kämpfen? Er hilft mir doch immer. Und wie kannst du denn Zauberkraft anwenden?" Oskars Stimme überschlug sich fast, weil er so schnell sprach.

Aber er erhielt keine Antwort mehr. Er nahm seufzend den Kompass in die Hand. Er drehte sich mit dem Kompass in der Hand solange bis das rote Ende der goldenen Kompassnadel nach Norden zeigte. Im selben Augenblick begann der Kompass zu blinken.

Oskar steckte sich den Zauberring auf seinen Daumen. Irgendwo hatte er einmal gelesen, dass dies ein Symbol für Macht und Reichtum war. Die Zauberfeder steckte er in die breite Krempe seiner Strickmütze. So fühlte er sich wenigstens wie ein furchtloser Indianerhäuptling. Der Kompass führte ihn genau zu der undurchdringlichsten Stelle des düsteren Waldes.

Oskar lief es heiß und kalt den Rücken hinunter. Auf was hatte er sich da nur eingelassen?

Vielleicht konnte er sich wieder mit dem Zauberring seine Wünsche erfüllen. Er drückte auf den roten Stein des Ringes und rief: „Tarabassini, ich wünsche mir, dass ich auf den schnellsten Weg zu Lea gelange."

„Du Narr!", hallte Indras Stimme durch den

Wald. „Glaubst du wirklich, dass du so leicht zum Ziel kommst? Ja, so sind die Menschen, alles wollen sie schnell und ohne Anstrengung erreichen. Der Zauberer ist mein Gefangener und du wirst Lea niemals finden." Die Hexe lachte hämisch. Oskar zitterte wie Espenlaub. Aber er riss sich zusammen und bahnte sich mit dem blinkenden Kompass in der Hand einen Weg durch das dichte Gestrüpp. Bald war sein Gesicht zerkratzt. An einem der Sträucher bleib die Zauberfeder hängen, aber Oskar bemerkte den Verlust nicht. Er bog unermüdlich die stacheligen Sträucher auseinander.

Auf einmal wurde der Wald lichter. Vor ihm tauchte ein großes weißes Schloss auf.

Oskars Verwandlung

Oskar stand bewundernd vor dem majestätischen Schloss. Ein besonders hoher Turm, der aus der Mitte des Schlosses ragte, fiel dem Viertklässler sofort auf. Der Kompass hatte aufgehört zu blinken. Er war also am Ziel. Hier war Lea irgendwo gefangen. Oskar wurde es mulmig zumute. Wie sollte er sich unbemerkt ins Schloss schleichen können? Die Hexe erwartete ihn bestimmt schon. Da hauchte ihm Leas Stimme in sein Ohr: „Drehe den Ring einmal um deinen Daumen und du wirst unsichtbar sein."

Oskar zögerte. Schweißtropfen bildeten sich auf seiner Stirn. Doch dann drehte er mit bebenden Fingern den Ring um seinen Daumen. Augenblicklich war er unsichtbar. Mutig ging er auf die mächtige Schlosstür zu. Er wollte hindurch gehen, prallte aber zurück.

„Aua", rief er ärgerlich und rieb sich seinen unsichtbaren Kopf.

„Du bist kein Geist, der durch Wände gehen kann", hörte er Lea lachend sagen. „Du musst dir etwas einfallen lassen, damit dir die Wachen das Tor öffnen."

Oskar atmete tief ein. Da hatte er einen Einfall. Er begann laut zu bellen. Hinter der Schlosstür wurde es unruhig. Außer dem Getrampel der Wachen hörte Oskar auch ein wildes Fauchen einer Katze. Darauf hatte er gehofft. Die Schlosstür wurde ein kleines Stück geöffnet. Eine schwarze Katze stob blitzartig heraus. Ein Wächter machte nun die Schlosstür weit genug auf, so dass sich Oskar hineinmogeln konnte.

„Warum habt ihr die Schlosstür geöffnet, ihr Tunichtgute?" Indra kam in einem langen schwarzen Kleid angerauscht.

Die Wachen schlossen schnell die Schlosstür und standen stramm. Die Hexe rümpfte mit einem Mal die Nase. Oskar versteckte sich schnell hinter einem Vorhang. Er zitterte wie Espenlaub. Die Hexe kam schnüffelnd näher und zog den Vorhang weg. Plötzlich wurde Oskar wieder sichtbar.

„Oh, mein Schäfchen ist wieder da", säuselte Indra und riss Oskar seine Mütze vom Kopf, um ihm über seine Schafswolle streicheln zu können. Oskar starrte erschrocken auf die Mütze in Indras Hand. Die Zauberfeder war weg.

Indra lachte schrill. Dann hörte sie abrupt mit Lachen auf und sagte grimmig: „Du sollst nicht nur Schafswolle auf dem Kopf tragen, sondern selbst ein Schaf sein." Die Hexe murmelte ein paar Zauberwörter vor sich hin.

Oskar fühlte sich mit einem Mal merkwürdig. Er stand auf vier Beinen. Nun er wollte etwas sagen, aber aus seiner Kehle kam nur ein klägliches Mäh.

Indra streichelte über die weiche Wolle des Schafes. Sie sagte: „Oh, deine Wolle reicht für einen schönen weichen Schal für Prinzessin Lea."

Oskar schaute die Hexe flehentlich an. Indra rief hämisch: „So dumm kann auch bloß ein Schaf glotzen!" Dann sagte sie nachdenklich: „Was mache ich nun mit dir?" Sie schnippte mit den Fingern und rief: „Ja, natürlich. Du leistest meinem Einhorn Gesellschaft. Dem Einhorn kannst du sicher ein paar Möhren und Äpfel abgaunern."

Kaum hatte die Hexe ihren Satz beendet, stand Oskar auf einer Waldwiese neben einem weißen Einhorn. Es kaute genüsslich an einer Möhre herum. Als das Einhorn das Schaf sah, spuckte es die Möhre aus, stieg nach oben und wieherte: „Verschwinde, dummes Schaf! Das ist meine Weide!"

„Mäh, mäh", blökte Oskar.

„Was heißt hier mäh, mäh! Sprich anständig mit mir!", wieherte das Einhorn und stieg abermals nach oben.

„Mäh, mäh", blökte Oskar und schüttelte seinen Schafskopf.

„Ach, du kannst gar nicht sprechen." Oskar nickte und schaute das Einhorn traurig an.

„Na, dann komm mal mit", sagte das Einhorn versöhnlich. „Ich kann dir helfen."

Das Einhorn trabte los. Oskar lief hinterher. Am Rand der Waldwiese wuchs eine sonnengelbe Pflanze. Das Einhorn sagte: „Friss die gelben Blüten der Pflanze und du wirst wie ein Mensch reden können."

Oskar zupfte die gelben Blüten ab und zermalmte sie mit den Backenzähnen. Dann sagte er: „Gar nicht so schlecht, das Grünzeug." Erschrocken hielt er inne. „Ich kann ja wirklich sprechen, mäh."

„Hast du gedacht, ich lüge dich an?", fragte das Einhorn beleidigt. „Ich kenne mich mit den Pflanzen des Waldes bestens aus."

„Na ja, Schafe sollen nicht sehr schlau sein, mäh", sagte Oskar missmutig.

„Sag mir, was du hier machst", wieherte das Einhorn.

„Ich will Lea finden, meine Klassenkameradin, mäh", erwiderte Oskar.

„Ich weiß nicht was eine Klassenkameradin ist", wieherte das Einhorn, „ich kenne nur Prinzessin Lea, Tochter von König Gustav und Königin Hilde. Der König und die Königin wurden vor zehn Jahren von Tarabassini verwunschen, damit er Prinzessin Lea entführen konnte. Tarabassini hatte Angst, dass Lea, die mit Zauberkräften geboren wurde, ihm auf die Schliche kommen würde. Er will schon lange die Herrschaft in Hokuspokus übernehmen. Die Hexe Indra ist in Wahrheit eine gute Hexe. Aber Tarabassini überlistete Indra. Er gaukelte ihr vor, dass er sie liebte und verabreichte ihr dann einen Zaubertrank, der die Hexe in einen tiefen Schlaf versetzte und ihr Herz in einen Stein verwandelte."

„Mäh, das ist ja krass", blökte Oskar, „aber für ein Schaf ist die ganze Geschichte ganz schön schwer zu verstehen."

„Warum bist du auch als Schaf geboren!", rief das Einhorn und wieherte laut.

„Mäh, ich bin nicht als Schaf geboren, sondern als ein Mensch!", rief Oskar empört. „Die Hexe hat mich verzaubert."

„Ach so ist das", wieherte das Einhorn bedauernd, „ich weiß, dass eine Feder von Tarabassinis Umhang den Zauber der Hexe rückgängig machen kann, mein Schäflein."

„Die Zauberfeder", blökte Oskar traurig. „Ich muss sie auf dem Weg zum Schloss verloren haben."

„Dann suchen wir sie eben", sagte das Einhorn und trabte los. Oskar lief blökend hinterher.

Das Einhorn lief kreuz und quer durch den Wald. Es schien sich gut auszukennen, denn trotz des undurchdringlichen Gestrüpps fand es immer einen Trampelpfad. Oskar war schon ziemlich aus der Puste und blökte: „Halt an! Ich kann nicht mehr. Ich will nach Hause in mein weiches Bett. Ich kann Lea nicht erretten, mäh."

Das Einhorn blieb stehen und wieherte: „Du willst aufgeben? Das hat unsere liebliche Prinzessin Lea nicht verdient. Du bist kein wahrer Freund. Ein paar Schwierigkeiten und schon kneifst du."

„Was weißt du schon über mich, mäh", blökte Oskar entrüstet. „Ich habe es schwer im Leben. Meine Haare sind stachelig. Meine Mitschüler lachen immer über mich. Jetzt bin ich ein dummes Schaf und muss in den Tierpark, falls ich je wieder nach Hause komme."

„Was sind denn das für Probleme", erwiderte das Einhorn. „Prinzessin Lea ist die rechtmäßige Herrscherin über Hokuspokus. Sie ist mit einem guten Herzen geboren und sie muss errettet werden. Und du scheinst dafür auserkoren zu sein."

Oskar seufzte ganz tief und lief schnell hinter dem Einhorn her, das sich gerade noch in Sichtweite befand.

Lea in Gefahr

„Ich sehe die Feder im Gestrüpp hängen", rief das Einhorn. Mit der Feder im Maul kam es auf Oskar zugetrabt.

Oskar war vom schnellen Laufen durch das Unterholz aus der Puste. Er blökte: „Du bist spitze. Wie sagt man so schön: Du hast die Nadel im Heuhaufen gefunden."

Das Einhorn ließ die Feder fallen und wieherte: „Vielen Dank für das Lob. So, nun nimm du die Feder in dein Maul und dreh dich solange im Kreis bis du wieder ein Mensch bist."

Oskar nahm die Feder ins Maul und drehte sich geschwind bis er vor Schwindel umfiel. Das Einhorn wieherte und rief: „Du bist wieder ein Mensch, juchheirassa!"

Oskar rappelte sich nach oben. Er fasste sich auf seinen Kopf. Erleichtert stellte er fest, dass er seine stacheligen Haare wieder hatte. Noch nie war er so glücklich über seine Haare gewesen.

„Danke, Einhorn", rief er freudig. „Nun bin ich bereit, weiter nach Lea zu suchen. Hilfst du mir?"

„Leider kann ich dir nicht helfen", antwortete das Einhorn traurig. „Ich bin meiner Herrin Indra treu ergeben. Ich habe sie schon betrogen, weil ich dir die Feder gab und nicht ihr. Aber das wird sie mir verzeihen. Sie hat zwar durch Tarabassinis Zauber ein Herz aus Stein bekommen, aber irgendwo tief in ihrer Seele ist das Gute noch nicht versiegt."

„Aber ich weiß doch gar nicht, wo ich anfangen soll mit dem Suchen", sagte Oskar missmutig.

„Ich habe einen Tipp für dich", versuchte das Einhorn Oskar zu trösten. „Ich bringe dich zum Schloss zurück. Da beginne mit deiner Suche. Komm, du darfst auf mir reiten. Und hüte nun die Feder wie deinen Augapfel."

Oskar steckte die Feder in seine Anoraktasche und kletterte auf einen Baumstamm. Dann schwang er sich auf den weichen Rücken des Einhorns und sagte: „Das ist so toll, dass ich auf dir reiten darf. Meine Schwester wird vor Neid platzen, wenn ich es ihr erzähle."

Im Trab bahnte sich das Einhorn den Weg durch den undurchdringlichen Wald.

Bald sah Oskar den hohen Turm des Schlosses über den Baumkronen aufblitzen. Nach kurzer Zeit stand das Einhorn vor der Schlosstür. Oskar rutschte hinunter und klopfte dem Einhorn auf den Hals.

„Nun muss ich mich verabschieden", wieherte das Einhorn. „Irgendwie musst du versuchen, Indras Steinherz zu erweichen. Tarabassini muss besiegt werden, damit Prinzessin Lea die neue Königin von Hokuspokus werden kann."

„Oh man, das mir glaubt doch keiner in der Schule, dass Lea eine Prinzessin ist", sagte Oskar und verdrehte seufzend die Augen.

Das Einhorn trabte von dannen. Oskar musste die Wachen abermals täuschen, um ins Schloss zu kommen. Er begann zu blöken. Die Schlosstür wurde vorsichtig geöffnet. Oskar blökte weiter und rannte an den verdutzten Wachen vorbei.

Er versteckte sich in einer Truhe, die in der Vorhalle des Schlosses stand. Nach einer Weile lugte

Oskar aus der Truhe heraus. Es war niemand zu sehen. Der Zehnjährige schlich einen der langen Gänge entlang. Er musste unbedingt einen Weg zu dem hohen Turm finden. Er hatte das Gefühl, dass er dort anfangen müsse mit dem Suchen. Das Schloss schien wie ausgestorben. Nach einer Weile stand er vor dem Treppenaufgang, der zum Turm führte. Er musste es wagen, obwohl ihm die Angst die Kehle zuschnürte. Er stieg die Wendeltreppe hinauf, höher und höher. Außer Puste kam er völlig durchgeschwitzt an einer verschnörkelten Holztür an. Vorsichtig drückte er die Klinke hinunter. Die Tür war nicht abgeschlossen.

„Lea!", rief Oskar und öffnete die Tür.

Aber ihm stockte der Atem, als er sah, wer hinter der Tür stand. Indra blickte ihn kaltherzig an und sagte: „Ich sehe, dass mein Schäfchen wieder ein Mensch ist. Könnte es sein, dass du die Zauberfeder hast?"

„Ich habe die Zauberfeder nicht", stammelte Oskar erschrocken. „Plötzlich war ich einfach wieder ich selbst."

„Verkauf mich nicht für dumm, du unverschämter Lausebengel!", rief Indra zornig. Dann sagte sie abrupt: „Nun kannst du einen Blick auf Lea werfen. Der Ärmsten steht das Wasser bis zum Hals." Die Hexe lachte schrill. „Komm, schau hier aus dem Fenster und genieße die schöne Aussicht."

Die Hexe zog Oskar zu einem der runden Turmfenster. Der Viertklässler erschauderte, als er sah wie traurig Lea auf einer kleinen Insel saß. Sie ließ Sand durch ihre Finger rieseln.

„Lea habe ich auf der Insel festgesetzt, hi, hi, hi", sagte die Hexe fröhlich, „wenn die Prinzessin von Wasser umgeben ist, kann sie ihre Zauberkräfte nicht nutzen, hi, hi, hi."

Indra hörte schlagartig mit Lachen auf und fuhr fort: „Dein Freund Tarabassini hat sich diese Gemeinheit ausgedacht, weil er sich vor Lea fürchtet. Als die Prinzessin noch ein Baby war, hat er sie mit dem Wasserfluch belegt. Aber Tarabassini wollte ganz sicher sein, dass Lea ihm nie die Macht von Hokuspokus nehmen konnte. Deshalb hat er sie vor einem Kinderheim in deiner Welt abgelegt. Aber ich war klüger als er. Bevor er sich mit Lea auf den Weg gemacht hatte, habe ich ihn verflucht. Und du trotteliger Lausebengel hast ihn mit deinem ach so guten Herz erlöst."

Oskar starrte zu Lea hinunter und sah, dass die Insel immer mehr im Wasser versank. Was konnte er tun? Da fiel ihm die Zauberfeder ein. Vielleicht war noch ein Fünkchen Zauberkraft übrig, um Lea zu retten. Er öffnete seine Anoraktasche und strich über die Feder. Er murmelte: „Hole Lea von der Insel."

„Was brabbelst du da, Lausebengel?", fragte Indra böse.

Im selben Augenblick war Lea von der Insel verschwunden.

„Oh, du Narr", schrie Indra, „gewiss hast du die Zauberfeder benutzt. Nun ist Lea bei Tarabassini. Er wird sie erpressen. Vor zehn Jahren hat er ihre Eltern verwunschen und nur er weiß, wo sie sich aufhalten."

Oskar wurde schneeweiß im Gesicht. Was würde wohl jetzt passieren? Seine Beine waren wackelig. Er drohte wegzuknicken.

Indra sagte barsch: „Auf der Stelle gibst du mir die Zauberfeder. Ich will sehen, ob ich deine Dummheit wieder gut machen kann."

Oskar griff in seine Anoraktasche. Aber die Zauberfeder war weg.

„Sie ist nicht mehr da", stammelte Oskar.

„Oh, du Unseliger", rief Indra und riss ihre Arme wütend hoch, „dann hat Tarabassini bereits Macht über Lea."

Oskars Idee

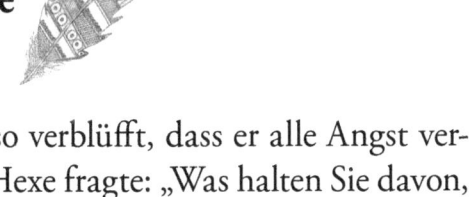

Oskar war so verblüfft, dass er alle Angst vergaß und die Hexe fragte: „Was halten Sie davon, wenn wir gemeinsam Tarabassini aufspüren und Lea finden?"

Indra lachte so schrill, dass sich Oskar die Ohren zuhalten musste. Dann sagte sie hämisch: „Mit dir Lausebengel mache ich keine Geschäfte. Und nun auf Nimmerwiedersehen."

Mit einer Handbewegung verschwand Indra. Oskar stand ratlos da. Er brauchte eine Idee wie er Lea aus Tarabassinis Fängen retten konnte.

Da fiel ihm das Einhorn ein. Es war der Hexe Indra treu ergeben. Oskar fühlte, dass er mit Indra einen Pakt schließen musste, um Lea zu finden. Und er wünschte sich seinen Freund Ben an seine Seite. Er fühlte sich so einsam und verlassen in diesem fremden Land Hokuspokus.

Zunächst musste Oskar jedoch die Wendeltreppe wieder hinuntersteigen. Das schaffte er problemlos. Als er auf der letzten Stufe stand, bemerkte er ein heftiges Brennen in seinem Daumen. Er hielt ihn hoch und erstarrte. Sein Daumen leuchtete wie eine lodernde Fackel. Die

73

Strahlkraft des roten Steines vom Zauberring war so stark, dass Oskar die Augen schließen musste. Da hörte er Leas Stimme: „Was wünscht du dir gerade am meisten?"

„Ben", murmelte Oskar versunken.

„He, Alter, wo bin ich auf einmal?" Ben hielt sein Handy in der Hand und starrte Oskar fassungslos an.

Plötzlich tauchte Moritz auf. Auch er hielt sein Handy in der Hand. „Was geht denn hier ab?", schrie Moritz erschrocken. „Eben war ich noch zu Hause und wollte gerade bei dir anrufen." Er schaute Ben mit weit aufgerissenen Augen an.

„Vielleicht kann ich es erklären", mischte sich Oskar ein.

„Oh, das Igelchen ist plötzlich neunmalklug", sagte Moritz abfällig.

„Halt mal deine Klappe!", schrie Oskar außer sich. „Dich Wichtigtuer habe ich mir gar nicht hierher gewünscht."

„Alter, ich verstehe nur Bahnhof", rief Ben ungehalten. „Oder gibst du wieder mit dem Zauberring an?" Ben schaute Oskar wütend an.

„Nun hört doch mal zu!", rief Oskar genervt. „Ich bin auf der Suche nach Lea. Und weil ich mich so einsam gefühlt habe, habe ich mir eben

meinen besten Freund nach Hokuspokus gewünscht. Wozu hat man denn Freunde?"

„Ich will mit deinen Zaubereien nichts zu tun
haben", sagte Ben unfreundlich, „mein Vater hat
mir erst einmal den Kontakt mit dir verboten,
solange die Ermittlungen nicht abgeschlossen
sind. Ich will sofort nach Hause."

„Ich auch", rief Moritz. „Und lass Lea aus dem
Spiel. Ich wollte gerade Ben am Handy erzählen,
dass Lea wieder bei ihrer Mutter ist. Leas Mutter
hat mich angerufen und es mir selbst gesagt."

„Das kann nur eine Falle gewesen sein", schrie
Oskar, „Prinzessin Lea ist eine Gefangene vom
Zauberer Tarabassini."

„Du bist durchgeknallt", meinte Ben und schaute Oskar mitleidig an.

„Nein, bin ich nicht", rief Oskar, „ihr müsst mir glauben. Ich hatte gedacht, dass Tarabassini ein guter Zauberer ist, aber er ist hinterlistig und böse. Wir müssen mit der Hexe Indra einen Pakt schließen, um Lea aus Tarabassinis Fängen zu befreien."

„Du redest wirr", sagte Ben abfällig, „ich will jetzt nach Hause. Mach schon, sonst war`s das mit unserer Freundschaft."

Plötzlich stand das Einhorn auf dem Schlosshof. Auf dem Rücken des Einhorns saß eine hellbraune Ratte. Das Einhorn wieherte: „Hallo, Jungen, streitet euch nicht! Meine Freundin, die Ratte, die im Turm lebt, hat mich geholt, damit ich euch helfen kann." Das Einhorn stieg nach oben. Die Ratte hielt sich an der weißen Mähne fest.

Ben und Moritz starrten fassungslos auf das Einhorn mit der Ratte auf dem Rücken und brachten kein Wort mehr über ihre Lippen.

„Oh, du liebes Einhorn", rief Oskar erfreut, „schön, dass du gekommen bist. Ich wollte dich nämlich um Hilfe bitten. Du musst bei Indra ein gutes Wort für uns einlegen. Nur mit ihrer Hilfe wird es uns gelingen, Lea zu retten."

„Ja, mein Junge", wieherte das Einhorn, „da hast du wohl Recht. Aber mit ihrem Steinherz wird die Hexe niemals bereit sein, euch zu helfen."

„Ich wüsste da einen Rat", mischte sich die Ratte ein. „Das Steinherz von Indra kann durch ein Zeichen wahrer Freundschaft wieder weich werden."

„Und wie soll so ein Zeichen wahrer Freundschaft aussehen?", fragte Oskar kleinlaut.

„Dieses musst du schon selbst rausfinden", antwortete die Ratte.

„Ich weiß, wo sich Indra versteckt hält", wieherte das Einhorn. „Kommt, lasst uns keine Zeit mehr verlieren."

„Also, ich gehe nicht mit", sagte Moritz aufgebracht, „ich bin doch nicht lebensmüde."

„Und an Lea denkst du wohl gar nicht", ereiferte sich Oskar.

„Ich habe die Info erhalten, dass Lea wieder bei ihrer Mutter ist", verteidigte sich Moritz. „Warum sollte ich mich dann in Gefahr begeben. Außerdem hast du dir Ben hierher gewünscht. Ich scheine nur durch einen dummen Zufall in diesem Hokuspokus gelandet zu sein." Moritz verdrehte die Augen.

Nun mischte sich Ben ein: „Mensch, Alter, ich stehe zwar immer noch auf der Leitung, aber eins verstehe ich jetzt genau. Lea braucht Hilfe und mein Freund Oskar auch." Ben klopfte Oskar aufmunternd auf den Rücken.

„Cool", sagte Oskar froh und reichte Ben die Hand. „Du bist echt mein bester Freund."

Moritz stand noch unschlüssig da. Er mochte Lea sehr und wenn sie wirklich in Gefahr war, konnte er nicht kneifen.

Also sagte er: „Gut, ich bin dabei, wenn wir Lea retten. Mit meinem Handy kann ich in diesem Funkloch sowieso nichts anfangen." Ben nickte, denn sein Handy war auch aus.

„Dann sind wir uns ja einig", wieherte das Einhorn und trabte los. Die drei Jungen folgten dem Einhorn entschlossen.

Die Hilfe der Hexe

Es ging kreuz und quer durchs Unterholz. Nach einer Weile rief Ben: „Ich kann nicht mehr. Und ich habe Durst."

„Wir sind gleich da, mein Junge", wieherte das Einhorn und trabte munter weiter. Die Ratte rief: „Ich kann das kristallklare Wasser des Baches schon riechen."

Kurz drauf erreichten sie die Waldwiese, auf der Oskar das Einhorn das erste Mal getroffen hatte. Ben stürzte auf den plätschernden Bach zu. Auch Moritz kniete sich ans Bachufer, um seinen Durst zu stillen. Nur Oskar schaute sich enttäuscht um und sagte: „Ich dachte, du führst uns zu Indra. Aber du wolltest nur zu deiner Weide zurück."

„Du verurteilst mich aber schnell", wieherte das Einhorn traurig, „Freunden sollte man doch vertrauen. Die Hexe Indra hat hier ihr Geheimversteck."

„Oh, verzeih mir, liebes Einhorn", sagte Oskar zerknirscht, „ich wollte dich nicht beleidigen."

„Verzeihung angenommen", wieherte das Einhorn versöhnlich. „Komm mal mit."

Das Einhorn trabte zu der Stelle am Bach, an der Ben und Moritz knieten. Dort angekommen stampfte das Einhorn mit einem Vorderbein dreimal auf die Erde. Ben und Moritz sprangen blitzartig hoch, denn der Bach teilte sich plötzlich. Es erschienen Stufen, die in die Erde führten.

„Indras Geheimversteck ist unter der Erde", schnaubte das Einhorn, „ich kann leider nicht darunter. Aber meine Freundin, die Ratte, begleitet euch."

„Na super", murmelte Moritz abfällig und lief Ben stöhnend hinterher. Die Ratte war schon im Dunkel der Treppe verschwunden. Oskar hatte Mühe, den Anschluss nicht zu verlieren. Nach einer Weile wurde es wieder heller. Die Treppen endeten vor einem kleinen weißen Schloss.

Die Ratte sagte: „Klopfe dreimal an die Schlosstür und Indra wird dir die Tür öffnen. Aber überlege dir gut, was du ihr sagst, denn davon hängt dein Leben ab." Die Ratte verschwand im Dunkel der Treppe. Ben und Moritz hatten gerade noch mit angehört, was die Ratte gesagt hatte.

„Mensch, Alter, was willst du denn dieser Indra Tolles sagen, damit sie uns nicht bei lebendigen Leibe aufspießt?", fragte Ben schweißgebadet.

„Ich glaube, ich pinkele mir gleich in die Hose", sagte Moritz verzweifelt.

Oskar hörte überhaupt nicht, was Ben und Moritz sagten. Er überlegte krampfhaft, wie er Indras Steinherz erweichen konnte.

Er klopfte zaghaft an die golden verzierte Schlosstür. Sofort waren Schritte zu hören.

„Wer wagt es, in mein Versteck einzudringen?", ereiferte sich die Hexe und öffnete die knarrende Schlosstür.

Als sie Oskar sah, schrie sie erbost: „Hat man vor dir Lausebengel denn überhaupt keine Ruhe?"

Oskar holte ganz tief Luft und sagte: „Liebe Hexe Indra, ich finde Sie großartig. Sie sind eine schöne kluge Hexe und ich mag Sie genauso wie Sie sind."

Moritz verdrehte seine Augen nach oben und Ben stand der Mund offen. Oskar aber fuhr fort: „Sie haben ein gutes Herz voller Weisheit und Liebe. Das Beste ist aber, Sie wollen immer anderen helfen, um das Böse zu besiegen."

Indra stand in der Tür und ihr Gesicht entspannte sich. Sie begann zu lächeln und sagte: „Mein lieber Junge, so etwas Nettes hat mir noch keiner gesagt. Ich fühle mich geehrt. In meinem Herzen ist es auf einmal ganz warm." Indra fasste sich an ihre Brust und lachte.

„Wie kann ich dir helfen, mein Junge?", fragte sie glücklich.

„Der Zauberer Tarabassini hält Lea, unsere Klassenkameradin, gefangen. Meine Freunde und ich wollen sie befreien", antwortete Oskar aufgeregt.

„Das Wort Klassenkameradin ist komisch", sagte Indra lachend. Aber dann fuhr sie ernst fort: „Lea ist die Tochter von König Gustav und Königin Hilde und somit die rechtmäßige Herrscherin über Hokuspokus, wenn sie das achtzehnte Lebensjahr erreicht hat. Tarabassini aber will schon lange die Herrschaft in Hokuspokus übernehmen. Und als er erfuhr, dass Lea mit Zauberkräften geboren wurde, ersann er teuflischen Plan. Er entführte Lea aus Hokuspokus und verfluchte ihre Eltern. Ich konnte gerade noch den Zauberer in eine Baumhöhle in eurer Welt verdammen, bevor der Zaubertrank, den er mir verabreicht hatte, wirkte. Seitdem war ich nicht mehr ich selbst. Aber wie durch ein Wunder scheint das Gift nicht mehr zu wirken."

Dann öffnete sie die Schlosstür ganz und sagte: „Kommt, wir beraten uns wie wir den Zauberer besiegen und Lea befreien können."

Oskar, Ben und Moritz folgten der Hexe in den kleinen Thronsaal des unterirdischen Schlosses. Die Hexe nahm auf dem Thron Platz. Plötzlich tauchte die Ratte auf und setzte sich auf Indras Schulter.

„Nehmt Platz, Jungs", sagte die Hexe und zeigte auf drei goldene Stühle mit grünen Samtbezügen. Ehrfürchtig setzten sich die drei Jungen. Ben und Moritz stand der Schweiß vor lauter Aufregung auf der Stirn.

„Tarabassini lebt am Rande von Hokuspokus in einer der Berghöhlen", sagte Indra stirnrunzelnd. „Wo genau die Höhle ist, weiß nur der Zauberer selbst. Dort finden wir gewiss auch Lea."

„Wie weit ist es denn zum Rand von Hokuspokus?", fragte Oskar missmutig.

„Viel zu weit für euch Jungen, aber nicht für den da", sagte Indra mit einem Augenzwinkern und zeigte auf einen bunten Teppich.

„Wow, ist das etwa ein fliegender Teppich wie aus den Märchen von Tausendundeiner Nacht?", fragte Ben.

„Ja, der Teppich bringt euch zum Rand von Hokuspokus", antwortete Indra. „Aber nur Leas Kompass kann euch zu ihr führen und den habe ich leider nicht." Indra zuckte niedergeschlagen mit den Schultern.

Oskar sprang auf und holte den Kompass, der in der Schatulle gewesen war, mit leuchtenden Augen aus seiner Anoraktasche.

Indra klatschte in die Hände und fuhr fort: „Simsalabim, dieses Problem ist gelöst. Aber der Schlüssel für die Befreiung Leas und den Sieg über Tarabassini ist die Zauberfeder. Und die ist ja bekanntlich wieder in Tarabassinis Besitz." Indra schaute Oskar vorwurfsvoll an. Der senkte schuldbewusst den Kopf.

„Für mich ist es eine Kleinigkeit, die Zauberfeder aufzustöbern. Mein feiner Geruchssinn wird mich zu ihr führen", meldete sich die Ratte zu Wort.

„Gut, das lassen wir mal so gelten", meinte Indra gut gelaunt. „Die Zauberfeder muss in den Federumhang von Tarabassini gesteckt werden. Dann ist er verletzbar und kann besiegt werden."

„Sie fliegen also mit uns zum Rand von Hokuspokus?", fragte Ben kleinlaut. Ihm schnürte die Angst fast die Kehle zu.

„Nein", antwortete die Indra. „Es würde euch nicht helfen, denn meine Zauberkräfte kann ich in den Berghöhlen nicht nutzen. Das weiß Tarabassini natürlich. Aber wenn ihr die Zauberfeder in seinen Umhang gesteckt habt, müsst ihr ihn dazu bringen, dies hier zu trinken."

Indra hielt eine kleine Flasche mit einer grünen geleeartigen Flüssigkeit hoch.

Moritz war noch blasser geworden, als er dies hörte. „Wie sollen wir das anstellen? Freiwillig trinkt doch dieser gemeine Zauberer nie diese grüne Grütze."

„An Ort und Stelle müsst ihr aus dem Bauch heraus entscheiden wie ihr Tarabassini den Trunk verabreicht", entgegnete Indra und reichte Oskar die kleine Flasche. „So, und setzt euch auf den Teppich. Die Reise soll beginnen."

Die drei Jungen setzten sich im Schneidersitz auf den fliegenden Teppich. Die Ratte sprang gerade noch rechtzeitig auf, bevor der Teppich vom Boden abhob.

Leas Befreiung

Der Teppich flog zielsicher ins Freie. Auf der Waldwiese wartete das Einhorn. Als es den Teppich mit den drei Jungen und der Ratte sah, stieg es nach oben und prustete: „Indra ist wieder eine gute Hexe. Jetzt wird meine Tochter gerettet. Danke, ihr Helden!"

Oskar, Ben und Moritz schauten sich fragend an. Oskar sagte: „Ich verstehe den Witz nicht. Lea hat doch kein Einhorn als Vater. Aber als Held lasse ich mich gern feiern."

„Beweise dich erst einmal als Held, Igelchen", sagte Moritz verächtlich.

„Du bist doch in Wahrheit ein Feigling!", schrie Oskar wütend.

Moritz lief rot an und wollte sich auf Oskar stürzen. Ben hielt ihn am Arm fest und rief: „Reißt euch doch mal zusammen! Dahinten sind schon die Berge. Denkt jetzt mal nur an Lea, die unsere Hilfe braucht."

„Ja, meine liebe Tochter braucht Hilfe", piepste die Ratte.

Oskar, Ben und Moritz hatten nicht gehört,

was die Ratte gesagt hatte, denn der Teppich landete gerade vor einer Berghöhle.

„Ob das Tarabassinis Höhle ist?", fragte Oskar ehrfürchtig.

„Das kann ich euch gleich sagen", piepste die Ratte und rannte zum Höhleneingang. Sie schnupperte ein wenig herum und rief dann enttäuscht: „Ich rieche nichts was uns hilfreich sein könnte."

Die Jungen gingen ebenfalls zum Höhleneingang. Keiner der dreien hatte eine Ahnung wie es weiter gehen sollte.

„Was haben wir eigentlich für einen Schlachtplan?", fragte Ben leise.

„Na, Igelchen, wie lautet deine Antwort?" Moritz schaute Oskar herausfordernd an.

Oskar holte schnell den Kompass aus seiner Anoraktasche. Der Kompass begann zu blinken. Als Oskar in die Höhle ging, wurde das blinkende Licht heller.

„Wir sind auf der richtigen Spur", frohlockte Oskar und ging tiefer in die Höhle. Ben und Moritz folgten ihm gespannt.

Ein donnerndes Geräusch ließ die Jungen und die Ratte zusammenzucken. Steine prasselten von der Decke und versperrten ihnen den Weg. Schnell wollten sie umdrehen, aber auch der Ausgang war mittlerweile durch Steine versperrt. Plötzlich ertönte Tarabassinis Stimme: „Glaubt ihr, so leicht könnt ihr Lea finden? Oskar, du bist ein Einfaltspinsel. Du hast die ganze Zeit nicht gemerkt wie sehr ich dich für meine Zwecke dirigiert habe. Nun sitzt du mit deinen Freunden in der Falle und Lea ist machtlos auf ihrem Floß im unterirdischen See gefangen." Der Zauberer ließ ein schauriges Gelächter hören.

„Was nun?" Moritz war es hundeelend zumute.

„Ich bin ratlos, Alter", jammerte Ben. „Ich könnte heulen."

„Mensch, reiße dich zusammen", sagte Oskar, „Heulen bringt uns nicht weiter. Es muss einen Ausweg hieraus geben." Er tastete die Höhlen-wände ab.

„Der Ring ist die Rettung." Oskar drehte sich abrupt um. Es war Leas Stimme, die er gehört hatte. Der Ring an seinem Daumen leuchtete lichterloh. „Drehe den Ring einmal um deinen Daumen", hörte Oskar Lea sagen. Moritz, Ben und die Ratte schauten erstaunt zu Oskar, denn der Lichtschein des Ringes erleuchtete das düs-tere Gefängnis.

Oskar überlegte nicht lange und drehte den Ring um seinen Daumen. Er hörte gerade noch wie Moritz und Ben laut aufschrien. Die Ratte aber machte große Augen, denn an Oskars Stelle saß eine grauschwarze Ratte. Allerdings stand das Fell wie kleine Stacheln ab. Nachdem sich Moritz von seinem Schreck erholt hatte, prustete er los: „Oskar, die Igelratte!"

„Großklappe", piepste Oskar ärgerlich, „ich bin bestimmt nicht für umsonst zum Nager geworden. Ich kann jetzt hier abhauen und Hilfe holen."

„Ich komme mit!", rief die braungraue Ratte.

Gemeinsam liefen die Ratten zu dem Steinhaufen. Sie krochen durch die Spalten hindurch ins Innere der Höhle. Die Ratten schauten sich um. Es gab mehrere Abzweigungen. Oskar schnüffelte ein wenig herum und fragte dann: „Welchen Gang wollen wir als Erstes untersuchen?"

Die braungraue Ratte lief zielsicher zu einem der Gänge und rief: „Hier lang! Ich kann Wasser riechen!"

Oskar lief der Ratte hinterher. Bald sahen die Ratten wie sich das Glitzern eines unterirdischen Sees an der Höhlendecke widerspiegelte. Mit ihren scharfen Augen konnten sie auch Lea erkennen, die traurig mitten auf dem See auf einem Floß saß.

„Wie kriegen wir Lea ans Ufer?", fragte Oskar die braungraue Ratte.

„Wir müssen die Zauberfeder auftreiben", antwortete die Ratte.

„Aber wo sollen wir mit der Suche anfangen?", fragte Oskar verzweifelt.

„Ich weiß wo sie ist", sagte die Ratte. „Meine Nase ist unschlagbar. Schau einmal nach oben."

Oskar schaute zur Höhlendecke. „Wow, genau über Leas Floß baumelt die Zauberfeder. Fragt sich bloß wie wir sie da abpflücken können."

„Das lass mal meine Sorge sein", sagte die Ratte siegessicher. „Indra hat mir einen Zauberspruch eingetrichtert für den Fall, dass wir ohne Hilfe nicht weiterkommen. Wie ging der verdammte Zauberspruch doch gleich?" Die Ratte stellte sich auf die Hinterfüße und murmelte: „Hokuspokus Fidibus, um zu siegen, muss die Ratte fliegen."

Plötzlich hatte Oskar zwei große Flügel. Aufgeregt flatterte er damit herum.

„So, nun kannst du die Zauberfeder holen", forderte die Ratte Oskar auf.

Das ließ sich Oskar nicht zweimal sagen. Fliegen wollte er schon immer einmal können. Er nahm Anlauf und hob vom Boden ab. Zuerst flog er auf Lea zu. Lea wusste nicht, wer die fliegende Ratte war und duckte sich.

„Habe keine Angst", rief Oskar, „ich bin es, dein Freund Oskar. Ich hole die Zauberfeder und dann retten wir dich."

Lea winkte der fliegenden Ratte erfreut zu und rief: „Du bist ein wahrer Freund und ein mutiger dazu."

Oskar hatte nun die Höhlendecke erreicht und ergriff die Zauberfeder. Er flog zu Lea, wedelte mit der Zauberfeder und rief: „Gleich bist du erlöst!"

„Danke, mein Held!", rief Lea. „Der Zauberring hilft dir, damit du wieder ein Mensch wirst."

Kaum war Oskar gelandet, hielt ihm die Ratte den Zauberring hin und sagte: „Hier, stecke ihn auf dein Vorderbein und drehe ihn einmal um."

Oskar tat wie ihm geheißen. Im Nu hatte er seine Menschengestalt wieder angenommen und sagte: „Oh man, erst Maus, dann Schaf und nun noch Ratte. Ab jetzt will ich nur noch ich selbst sein."

„Ja, ja", piepste die Ratte ungeduldig. „Der Zauberer wird gleich hier erscheinen."

„Woher weißt du das?", fragte Oskar erstaunt und duckte sich unwillkürlich.

„Indra gab mir einen Tipp vor unserem Abflug", sagte die Ratte. „Gib mir die Zauberfeder. Dann wirf Steine in den See. Tarabassini wird kommen, um nachzusehen, was hier los ist. Überrede den Zauberer dazu, das grüne Zeug zu trinken. In der Zeit habe ich ihm die Feder in den Umhang gesteckt."

Oskar gab der Ratte die Zauberfeder. Dann schleuderte er flache Steine in den See, so dass sie mehrmals über die Wasseroberfläche sprangen. Er hatte bereits eine geniale Idee, wie er Tarabassini überlisten konnte. Als der Zauberer dann auftauchte, tat Oskar arglos. „Tarabassini, schön, dich wiederzusehen. Die Hundezeit ist also vorbei."

Tarabassini ging nicht auf das Gerede von Oskar ein und sagte verwundert: „Wie ist es dir gelungen, hier aufzukreuzen? Lea kannst du aber nicht befreien. Ich bin der zukünftige Herrscher über Hokuspokus und nicht irgendein Prinzesschen mit Zauberkräften."

„Herrscher über Hokuspokus zu sein ist doch nur ein Klacks", sagte Oskar abwinkend. Dann hielt er das kleine Fläschchen mit der grünen geleeartigen Flüssigkeit hoch und sagte überheblich: „Wer das hier trinkt, wird der Herrscher über die ganze Welt. Und genau dies will ich werden." Oskar zog den Stöpsel aus der Flasche und setzte zum Trinken an.

Der Zauberer riss Oskar das Fläschchen augenblicklich aus der Hand und trank es gierig aus. Oskar riss frohlockend die Arme hoch. Der Zauberer bemerkte nicht, dass die Ratte ihm geschwind die Zauberfeder in den Umhang gesteckt hatte.

Siegessicher wischte sich Tarabassini nun über den Mund, machte einen lauten Rülpser und lachte aus vollem Hals, so dass es von den Höhlenwänden schallte. Dabei merkte er gar nicht, dass er langsam zu Stein wurde. Sein schauriges Gelächter verstummte erst, als sein Mund versteinert war. Als seine Augen zu Stein wurden, waren sie weit aufgerissen.

Plötzlich stand Lea vor Oskar und umarmte ihn. Sie rief: „Danke, Oskar, du bist großartig." Sie gab ihm vor lauter Freude sogar einen Kuss auf die Wange. Das war Oskar peinlich. Deshalb wischte er sich schnell den Kuss ab.

Wieder zu Hause

Lea lief auf eine Frau in einem langen silbernen Kleid mit goldenen Sternen zu. „Mutter, du bist von deinem Fluch erlöst!", rief sie außer sich vor Freude und umarmte ihre Mutter.

„Waren Sie etwa die Ratte?", wandte sich Oskar verdattert an die schöne Frau.

„Ja, mein Junge", antwortete die Frau. „Du hast mich erlöst. Ich bin Königin Hilde und die Mutter von Lea. Ich hoffe, mein Gemahl, der König Gustav, ist mit dem Sieg über Tarabassini auch kein Einhorn mehr."

Oskar machte große Augen, als er das hörte. Dann tippte er sich an die Stirn und rief aufgeregt: „Mensch, Lea, wir müssen Moritz und Ben befreien! Sie sitzen in den Steinmassen fest."

„Nein", rief Ben fröhlich, „wir sind schon längst befreit." Er kam angerannt und umarmte Lea.

„Du hast uns vielleicht mit deinem Verschwinden einen Schreck eingejagt", sagte Ben. „Alle haben zu Hause nach dir gesucht. Aber dass du eine echte Prinzessin bist, das glaubt uns bestimmt keiner."

Moritz stand unschlüssig herum. Nach einer Weile stammelte er: „Schön dich wiederzusehen, Lea. Aber so richtig mutig war ich glaube nicht."

Oskar horchte auf. „Mensch, lass mal gut sein, Kumpel", sagte er dann und klopfte Moritz auf den Rücken. „Wir waren die drei Musketiere: Einer für alle, alle für einen."

„Recht so, mein Junge", mischte sich die Königin Hilde ein. „Wahre Freunde halten zusammen."

„Lea, bleibst du in Hokuspokus?" Moritz hauchte die Frage nur.

Oskar hielt vor Spannung die Luft an. Er freute sich sehr auf die anstehende Klassenfahrt. Aber ohne Lea wäre die Klassenfahrt nur halb so schön.

Lea schaute der Königin lange in die Augen. Dann sagte sie: „Meine Mutter ist damit einverstanden, dass ich bis zum achtzehnten Lebensjahr bei meiner Adoptivmutter in eurer Welt aufwachse. Dann muss ich die Herrschaft in Hokuspokus übernehmen."

„Wow, dass ist echt cool", sagte Oskar erfreut. „Dann kommst du mit zur Klassenfahrt. Ohne dich wäre die Fahrt blöd gewesen."

„Ja, wirklich", stimmte Moriz zu, „ohne dich wäre alles blöd."

„Nun lasst uns erst einmal zu Indra fliegen",
sagte die Königin, „ich kann es kaum erwarten,
meinen Gemahl zu umarmen."

Die Königin eilte zum Höhlenausgang, gefolgt
von Lea und ihren drei Klassenkameraden. Als
alle auf dem fliegenden Teppich saßen, hob dieser ab und flog ins Landesinnere.

Der Teppich landete vor dem Schloss. Dort
wartete König Gustav ungeduldig mit der Hexe
Indra auf die Ankömmlinge. Die Königin warf
sich freudig dem König in die Arme und rief:
„Nun können wir wieder unser Land regieren,
mein lieber Gemahl."

Lea ging auf ihre Eltern mit Tränen in den
Augen zu und wurde in die Mitte genommen.

Indra begrüßte die drei Jungen: „Na, ihr tap-
feren Klassenkameraden." Sie lachte. „Ein ko-
misches Wort ist das. Bei uns lernen die Kinder
nicht in Klassen, sondern zu Hause."

„Wenn ich eines Tages Herrscherin von Hokuspokus bin", sagte Lea mit roten Wangen,
„lasse ich Schulen bauen. In der Schule macht
das Lernen so viel Spaß und man findet dort
viele Freunde. Freunde machen total glücklich."

Lea strahlte die drei Jungen an. Oskar wurde
rot bis zu seinen abstehenden blonden Haaren.

Zum Glück mischte sich Königin Hilde ein: „Deshalb sollst du auch, mein liebes Kind, bis zu deinem achtzehnten Geburtstag bei deiner Adoptivmutter bleiben und fleißig lernen. Indra wird uns behilflich sein, um mit dir in Kontakt zu bleiben. Sie setzt ihre Zauberkraft nun wieder für gute Zwecke ein."

Indra nickte eifrig. Sie hielt plötzlich einen goldenen Taschenspiegel in der Hand und sagte: „Dies ist mein Geschenk für Euch, Prinzessin." Indra reichte Lea den Spiegel. Lea klappte den Spiegel auf und sah ihr erstauntes Gesicht.

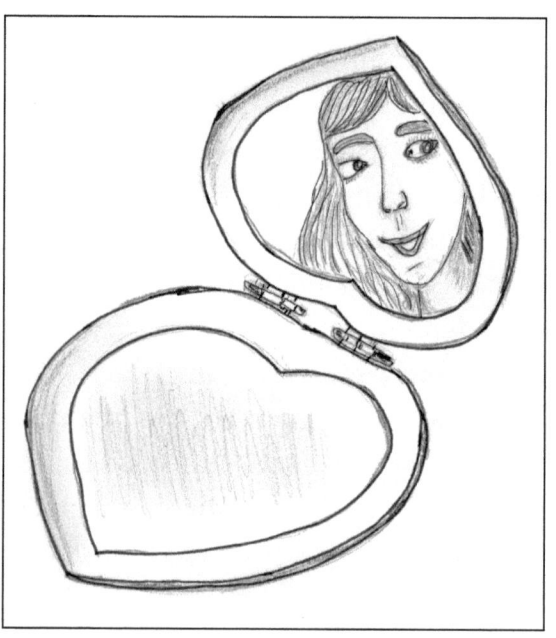

Indra lachte und sagte: „Allerwerteste Prinzessin, der Sinn dieses kostbaren Geschenks erschließt Euch erst, wenn Ihr die Grenzen von Hokuspokus überflogen habt."

Lea steckte den Spiegel in ihre Jacke und meinte: „Aha, wir fliegen also mit dem Teppich nach Hause."

„Hauptkommissar Müller wird große Augen machen, wenn wir mit Lea vom Teppich steigen", sagte Moritz und rieb sich frohlockend die Hände.

„Oder uns verhaften", meinte Ben kleinlaut. „Ich weiß gar nicht wie ich meinem Vater die ganze Geschichte erklären soll. Er wird mir kein Wort glauben."

Königin Hilde sagte bedrückt: „Und deine Adoptivmutter bekommt vielleicht Ärger, Lea. Sie hat sich schon so viele Sorgen machen müssen, weil du verschwunden warst."

Indra rief: „Papperlapapp, kein Mensch bekommt Ärger oder wird verhaftet. Mit Fliegen meinte ich doch nicht den alten Teppich." Indra winkte ab und sagte lässig: „Ich verwende natürlich den Verflüchtigungszauber."

„Hört sich spannend an", meinte Oskar.

„Ihr trinkt diese Flüssigkeit hier." Indra hielt ein Fläschchen mit einer gelben Flüssigkeit hoch.

„Habt ihr sie ausgetrunken, wird jeder von euch im Handumdrehen in seinem Zimmer auf dem Bett liegen."

„Wow, krass", meinte Ben. „Wenn mich meine Eltern ausquetschen wollen, woher ich auf einmal komme, sage ich einfach: Weiß ich nicht."

„Gute Idee", stimmte Moritz zu, „die Wahrheit können wir nicht erzählen. Man würde uns für verrückt erklären."

König Gustav und Königin Hilde nahmen ihre Tochter in die Arme. Der König sagte: „Meine liebe Tochter, lerne fleißig in der anderen Welt, damit du klug und weise nach Hause kommst."

Indra gab zuerst Lea, die sich schnell ein paar Tränen aus den Augen wischte, das Fläschchen mit der gelben Flüssigkeit. Dann holte sie noch drei Fläschchen aus einer Tasche ihres schwarzen Umhangs hervor und verteilte sie an die Jungen.

Die Freunde öffneten die Fläschchen und tranken die gelbe Flüssigkeit in einem Zug aus. Vor den Augen der Königin und des Königs verschwanden die Kinder. Königin Hilde wischte sich schnell die Tränen weg. König Gustav nahm seine Gemahlin in den Arm und flüsterte ihr tröstend ins Ohr: „Indra wird uns helfen, unsere Tochter bald wiederzusehen."

Oskar schlug die Augen auf. Prinz saß hechelnd vor seinem Bett. Im nächsten Augenblick sprang der Rüde auf Oskars Bett und leckte ihm über das Gesicht.

„Brr, das ist widerlich", rief Oskar und wischte sich den Sabber vom Gesicht.

Prinz sprang vom Bett und bellte nach Herzenslust. Da kam die Mutter in das Zimmer gestürzt und rief: „Prinz, aus! Lara macht Hausaufgaben und da braucht sie …!"

Sie stockte mitten im Satz und stammelte: „Oskar, wo…wo kommst du denn auf einmal her? Wir haben uns die allergrößten Sorgen gemacht. Und Prinz ist auch wieder zum Leben erwacht."

„Mama!", rief Oskar. Er fiel seiner Mutter in die Arme. „Ich bin so froh, dass ich wieder zu Hause bin. Aber wie ich hier gelandet bin, weiß ich nicht. Ich kann mich an nichts mehr erinnern."

Lara kam mit dem Telefon ins Zimmer und sagte: „Mama, hier ist ein Hauptkommissar Müller am Telefon."

Die Mutter ging aus dem Zimmer, denn das Bellen von Prinz machte eine Unterhaltung am Telefon unmöglich.

„Na, Bruderherz, bist du aus dem Nichts wieder aufgetaucht", meinte Lara schnippisch. „Dein nerviger Köter hat mir als Statue besser gefallen. Nun ist es mit der Ruhe vorbei."

„Ach lass mich einfach in Frieden", erwiderte Oskar gereizt. „Vielleicht gibt es einen Zauberspruch, der dich in eine Statue verwandelt. Dann habe ich Ruhe vor dir."

„Du bist ätzend!", rief Lara erbost. „Die Gemeinheit zahle ich dir bei passender Gelegenheit zurück." Sie schmiss Oskars Kinderzimmertür hinter sich zu.

Die Mutter rief die Treppe hinauf. „Oskar, Lara! Kommt doch einmal runter ins Wohnzimmer!"

Oskar und Lara schauten sich nicht an, als sie ins Wohnzimmer gingen. Prinz, der als Erster die Treppe hinuntergerannt war, saß schon mit aufgestellten Ohren vor der Mutter.

„Kinder, Hauptkommissar Müller konnte die Akte mit der Vermisstenanzeige von Lea schließen. Lea ist wohlbehalten wieder bei ihrer Mutter. Ben und Moritz sind auch wieder zu Hause. Vater wird sich über die Neuigkeiten freuen, wenn er aus der Klinik kommt."

„Bestimmt wird er begeistert sein, wenn Prinz ihn bellend empfängt", sagte Lara spitz.

Oskar steckte ihr die Zunge raus.

„Kinder, Schluss jetzt", sagte die Mutter streng, „geht in eure Zimmer. Ich bereite das Abendbrot vor."

Oskar nahm das Telefon mit. Er wollte unbedingt Lea anrufen, um zu fragen, was es mit dem Spiegel auf sich hatte, den die Hexe Indra ihr geschenkt hatte. Leider war besetzt. Oskar legte sich auf sein Bett. Er schlief sofort ein. Prinz hatte sich friedlich in seinem Körbchen eingerollt.

Im Traum sah Oskar wie Lea den Spiegel aufklappte und ganz überrascht hineinschaute.